读客外国小说文库

激发个人成长

她过去的爱情

【英】朱利安·巴恩斯 著

郭国良 译

BEFORE SHE MET ME
Julian Barnes

文汇出版社

图书在版编目（CIP）数据

她过去的爱情／（英）朱利安·巴恩斯著；郭国良
译. -- 上海：文汇出版社，2018.4
　ISBN 978-7-5496-2208-5

　Ⅰ.①她… Ⅱ.①朱… ②郭… Ⅲ.①长篇小说－英
国－现代 Ⅳ.① I561.45
　中国版本图书馆 CIP 数据核字 (2018) 第 074346 号

她过去的爱情

作　　者 ／ （英）朱利安·巴恩斯
译　　者 ／ 郭国良

责任编辑 ／ 周小诠
特邀编辑 ／ 徐陈健　黄迪音　周奥扬
封面装帧 ／ 陈艳丽　肖　雯

出版发行 ／ 文汇出版社
　　　　　　上海市威海路 755 号
　　　　　　（邮政编码 200041）
经　　销 ／ 全国新华书店
印刷装订 ／ 三河市龙大印装有限公司
版　　次 ／ 2018 年 6 月第 1 版
印　　次 ／ 2018 年 6 月第 1 次印刷
开　　本 ／ 890×1270mm　1/32
字　　数 ／ 146千字
印　　张 ／ 7.75

ISBN/978-7-5496-2208-5
定　　价 ／ 39.90 元

侵权必究
装订质量问题，请致电010-87681002（免费更换，邮寄到付）

献给帕特

人类发现自己身处这样的境地：自然本质上赋予他三个脑袋，尽管它们结构迥异，但必须共同运作、相互交流。最老的那个脑袋基本上是爬行动物型的，第二个遗传于低等哺乳动物，第三个是晚期哺乳动物的进化，正是它……才使人成为独特的人。当我们以寓言的方式讲述这些脑中之脑的时候，不妨想象精神病医生叫病人躺在长榻上时，他是要他伸开四肢躺在马和鳄鱼旁。

　　——保罗·D.麦克莱恩，《神经与精神疾病杂志》，1962年10月，第4期，第135卷

仍然已婚总比死亡好。

——莫里哀，《司卡班的诡计》

目　录

第一章
三件套装与一把小提琴

第一次看到妻子与别人私通时，格雷厄姆·亨德里克根本没有放在心上。他甚至会没来由地暗自发笑。他压根儿就未想过伸手去遮挡女儿的双眼。

　　当然，芭芭拉才是幕后推手。芭芭拉是格雷厄姆的第一任妻子，安是第二任妻子——也就是私通的那个。不过，格雷厄姆当时倒并不认为那是私通。这样看来，他之前的反应并不合适。不管怎么说，当时仍是格雷厄姆所谓的甜蜜时光。

　　这段甜蜜时光始于1977年4月22日。那天，格雷厄姆在雷普顿街参加派对，杰克·卢普顿将一名女伞兵介绍给他。当时他正在喝手中的第三杯酒，但酒精没令他放松片刻：就在杰克向他介绍这位女孩时，格雷厄姆的脑海突然闪过什么念头，他自然没有记住女孩的芳名。这就是派对上所发生的事。多年前，格雷厄姆做过一个实验，在与人握手时，试着重复此人的名字。他会说，"你好，雷切尔""嗨，莱昂内尔"或"晚上好，马里恩"。但这样一来，男的可能会把你当作同性恋，警惕地盯着你；女的则会礼貌地询问你是不是波士顿人，或者心态开放的人。于是，格雷厄姆早就不玩这一套，转而为自己那记不住事的大脑而羞愧不已。

四月的一个夜晚，春风和煦，格雷厄姆远离烟民的嘈杂喧闹，斜倚在杰克的书架上，恭敬地注视着这个姓名依然不详的女子。只见她一头整洁有型的金发，穿一件彩色条纹衬衫，在他看来是丝绸质感的那种。

"这样的生活一定很有趣。"

"是的。"

"你一定……去过很多地方。"

"没错。"

"我猜想，你是负责表演的。"他想象着她在空中翻转跳跃，绑在脚踝上的罐子嘶嘶地冒出红色烟雾。

"那，其实是另一个领域。"（什么领域？）

"但那一定很危险。"

"什么？你是指……飞行？"安心想，真稀奇，男人竟然会怕飞机。她可从未害怕过。

"不，不是飞行，是另一部分，跳伞。"

安把头微微侧向一边，表示疑问。

"是跳伞。"格雷厄姆把酒杯放在架子上，然后上下挥动臂膀。安把头侧得更厉害了。格雷厄姆抓住夹克中间的纽扣，如军人般迅猛地往下一拽。

"啊，"他终于忍不住说，"我原以为你是一名伞兵。"安的嘴角开始扬起，眼神也慢慢地从莫名的遗憾转变为愉悦。"杰克说你是一名伞兵。"他又重复道，好像这一重复和赋予的权威就能让这件事变成真的。当然，事实恰恰相反。杰克曾说"与愚蠢的老女人搭讪会让舞会变得热闹"，这无疑再次证明了他的观点是对的。

"既然那样，"她说，"你就不是历史学家，也不在伦敦大学教书。"

"天哪，当然不是，"格雷厄姆说，"我看上去像大学教师吗？"

"我不知道大学教师长什么样。难道他们看起来与别人不一样吗？"

"当然不一样，"格雷厄姆斩钉截铁地说，"他们戴着眼镜，穿着棕色斜纹软呢夹克，驼着背，天性吝啬、嫉妒，还都喜欢用老帆船男士香水。"安看向他。他戴着眼镜，穿着棕色灯芯绒夹克。

"我是一名脑科医生，"他说，"其实，还不算是。我在努力奋斗。成为脑科医生前必须先在其他部位练习：这也合乎道理。眼下我在练习做肩膀和脖颈手术。"

"那一定很有趣，"她说，对他的话半信半疑，"也一定很难。"她补充道。

"的确很难。"他把架在鼻子上的眼镜向旁边拨动了一下，然后又放回原来的位置。他身材高大，脸型瘦长而方正，深棕色头发上不规律地夹杂着些许白发，仿佛有人将胡椒粉罐里的粉末撒到了上面。"这工作也很危险。"

"我确实是这么想的。"难怪他已经长出若干白发。

"最危险的部分，"他解释道，"还是跳伞。"

她笑了，他也笑了。她不仅漂亮，也很友善。

"我是一名买手，"她说，"我买衣服。"

"我是一名大学教师，"他说，"我在伦敦大学教历史。"

"我是一位魔术师，"一直在旁偷听的杰克·卢普顿终于找到了一个插话的机会，"我在人生大学里教魔术。来点酒还是酒呢？"

"走开，杰克。"格雷厄姆坚定地说。哈，杰克早已走开了。

回顾过去，格雷厄姆能清晰地看到他那时的生活是多么一成不变。当然，除非清晰的回忆总是具有欺骗性。他那时三十八岁，已经有十五年的婚姻生活、十年的固定工作，以及还了一半的弹性抵押贷款。同时，他认为自己的人生走过了一半，感觉已经开始走下坡路。

不是因为芭芭拉没有看得这么透彻，也不是因为格雷厄姆没有和芭芭拉讲述这样的心境。也许，倾诉就是这困厄人生的一部分。

那时候，格雷厄姆还是喜欢芭芭拉的，尽管在他们五年多的相处中，他并没有真正爱过她，也没有为他们的感情感到自豪，甚至表示在意。他还喜欢他们的女儿爱丽丝。然而，令他意外的是，爱丽丝从未激起他心中更深沉的爱怜。爱丽丝在学校表现好的时候，格雷厄姆会高兴，但他不确定这份高兴是否其实是一种解脱，是庆幸她表现不差的一种宽慰，这该如何辨别？同样，他也带着这种消极情绪从事自己的工作。当他所教的学生变得更不成熟、更肆无忌惮地懒散、更难以沟通时，他对工作的热爱就会逐年减少。

在十五年的婚姻中，格雷厄姆从未对芭芭拉不忠：因为他认为不忠是错误的，但这也许是因为他从未经受过真正的诱惑（当衣着性感的女学生交叉着腿坐在他面前时，他反而给出更难的论文题目，作为回应。于是她们到处传谣，说他是个冷漠的人）。同样地，格雷厄姆从没想过换份工作，他不确定其他工作是否也可以做得如此轻松。他博览群书，栽培花木，做填字游戏，还守护自己的财产。三十八岁的他仿佛已步入退休生活。

但当他遇到安——不是指在雷普顿街的第一次见面，而是后来他邀请安的单独约会——他仿佛觉得二十年前开始退化的交际能力突然恢复了。他觉得自己又可以犯傻了，又可以耽于幻想了，他感觉自己的身体再次焕发活力。这不只是说他终于能享受性带来的欢愉（虽然他确实有这个意思），而是他不再把自己当作一具不会思考的躯壳了。十年来，他发现自己的身体越来越不中用。那些本该让全身上下每个细胞都感受到的喜怒哀乐，全都退缩到头脑中部的一小块空间里。他珍惜的一切只是在两耳之间走个过场。当然，他照料自己的身体，但态度如同对自己的汽车一般，被动又冷淡。两者都需要不定期地加油和清洗，两者都会时不时地出问题，但往往都能得到修理。

893-8013，这是她的电话号码。他是怎么有勇气给她打电话的？他心里明白：通过愚弄自己。一天早上，他坐在桌子旁，面对一连串的电话号码，"她"的号码也藏在其中。耳边是有关时间表喋喋不休的争论和学报编辑兴趣全无的对话，而此时的他不知不觉地已让"她"的来电铃音响起。这么多年过去了，除工作饭局外，他已经好久没有邀请过别的女性一起共进午餐了。这看上去……毫不相关。但是他需要做的就是证明自己，确定她还记得他，并且邀请她。她同意了。其实，她在他提议的第一天就同意了。他非常开心，这让他有勇气在用餐时也戴着结婚戒指。不过有那么一瞬间，他还是想要摘掉这枚戒指。

一切进行得十分顺利。他或她会说"不如我们一起……"。她或他便回答"好"或"不好"。这样便做好了决定。在和芭芭拉的婚姻生活中，根本没有考量过什么动机。格雷厄姆，你真的不是这个意思，对吧？格雷厄姆，当你说x的时候，其实是指y，是不是？格雷厄姆，和你在一起生活就像是与有两列马的人在对弈。在与芭芭拉结婚第七年的某个晚上，轻松的晚餐过后，爱丽丝回屋睡觉，格雷厄姆感到既轻松又开心，他略微夸张地对芭芭拉说：

"我感到非常幸福。"

此时的芭芭拉正在清理餐桌上的碎屑，她转过身，戴着潮湿的粉红色橡胶手套，好似一位泰然自若的外科医生，答道："你想要逃避什么？"

　　类似的对话经常出现，从前有，之后也有，但这次对话却印刻在格雷厄姆的脑海里。也许是因为他真的没有想要逃避什么。后来，当他想向芭芭拉表达爱意、分享喜悦、诉说顺遂或不顺之事时，他就会有所犹豫。他会先细细思量：如果我向她倾诉自己的真情实感，她会不会觉得我想要逃避什么呢？如果没有想要逃避的事，他就去向她倾诉，但这就不是自发的情感流露了。

　　自发，直接，是修复通往格雷厄姆身体不可绕过的交通线：安不仅带给他快乐（也许很多人都带给他快乐），而且让他领略了快乐之道迷津般的享受。她甚至还想焕发他对快乐的记忆。这种导引模式从未变化：首先，是对安的行为方式的认可（比如吃饭、做爱、说话，甚至是站立或行走）；接下来，是一段模仿并超越的阶段，直到那一愉悦让他感到舒心自在；最后，衍生感激之情（刚开始他无法理解，但事实确实如此），其中还夹杂着一些令人作呕的愤懑。虽然格雷厄姆感激安的导引，允许她先发现这一切（要是没有安，他怎么能学会享受呢？），但由于安在这方面领先于他，他偶尔会产生一阵微弱而焦虑的苦恼。毕竟，他比安大七岁。比如，在床上时，安自如地享受在他看来凸显了（是指责，甚至是嘲笑）他那小心又僵硬的笨拙之态。他有时候心里想，"嘿，停下来，等等我"。而有时候他甚至会充满怨愤，"你为什么不与我同步？"

　　安意识到了这个问题——当她有这种感觉时，是她让格雷厄姆使她意识到这个问题的——但这对她来说不算威胁。沟通必然能够解决这个问题，除此之外，也有很多领域是格雷厄姆熟悉而安不知道的。对她来说，历史是一座图书馆，里面满是尘封已久、晦涩难懂的书籍；新闻也实属无趣，因为它时时在发生，对安却没有丝毫影响；政治也让她备感无聊，除了预算时那赌徒般的短暂刺激，以及普选时稍久一点的兴奋，再无它趣，除非她也是内阁中的一员，不然她只能叫出几位重要内阁成员的大名。

安喜欢旅游，而格雷厄姆几乎已放弃旅游（这是又一项主要在他耳朵之间走过场的活动）。安喜欢现代艺术和怀旧音乐，讨厌运动和购物。她还喜欢美食和阅读，格雷厄姆发现他们兴趣相投，这些兴趣爱好也都是可以理解的。安还喜欢过剧院——毕竟，她之前在很多电影中饰演过小角色——但她之后就不再去了，格雷厄姆也表示理解。

当安遇到格雷厄姆时，她并不在择偶阶段。"我31岁了。"这是她最近对一个过分操心的叔叔的回答，因为他好奇地盯着她左手的中指看。"我不是剩女，但也不想找对象。"她再也不期盼在派对或晚宴中遇到能向其展示她完美一面的同伴，哪怕是一个还可以的人。此外，她已经领悟到意图与结果之间往往存在令人困惑又无奈的差距。你原本想要一段短暂的、几乎无肢体接触的恋情，但你却喜欢上了他的妈妈。你以为他人很好又不窝囊，却发现他谦逊又令人沉醉的外表下有着执拗的自私。安并不认为自己已幻想破灭或时运不济（她的一些朋友就这么认为），她只不过觉得自己是比当初更睿智罢了。到目前为止，一想到那痛苦的三角恋、令人身心俱损的堕胎，以及某些朋友陷入的那琐碎而低级的关系，她就觉得自己已毫发无伤地闯荡了过去。

格雷厄姆不甚英俊的外表是有好处的，安告诉自己，这会让他更加真实可靠。他是否结过婚已不重要，因为已婚的身份其实有利有弊。安的女性朋友声称，女人一到30，遇到的男人（除非她与比自己年轻的人在一起）要么是同性恋，要么已婚，要么有精神病，就这三大选项而言，已婚显然是最佳选择。安的闺蜜希拉认为，不管怎么说，已婚男人比单身汉要好，因为他们闻上去好一些：他们的妻子常常会为他们干洗衣服，而单身汉的夹克上却总是有股烟味或狐臭味。

安第一次与已婚男士私通时苦恼万分。她觉得自己就算不是小偷，也是个白领罪犯，但这种想法并未持续很久。现在她辩驳道，如果婚姻变质了，这绝不是她的错，不是吗？如果男人出轨了，是因为他们想出轨。如果男人很有原则，与爱人携手并肩，婚姻就绝不会生变。不会有人来感恩你的消极德行；丈夫很快会继续他的流浪，妻子根本不会知道你曾默许过。所以，在与格雷厄姆第一次共进午餐时，安就注意到了他的婚戒，她当时只是在想，好吧，就别再纠结那个问题了。当你不得不提问的时候，一切就变得很难。有时候他们想当然地认为你想让他们说谎，便真的撒谎了，于是你就不由自主地多嘴说了句挖苦之言："你可真擅长熨烫啊。"

可以说，这顿饭让他们更多地了解了对方。餐毕，格雷厄姆靠向安，紧张得连断句都不会了：

"你还会和我共进午餐吗？对了我结婚了。"

她莞尔一笑，答道：

"会啊。谢谢你的坦诚。"

第二次午餐时他们喝得多了一点，餐后，他殷勤地帮安套上外衣，顺势抚平她肩胛骨上的衣料，好像那里突然起皱了似的。当安告诉希拉这是他们三次见面中仅有的肢体接触后，她的朋友这样评价他：

"也许，他不仅是个已婚男，还是个同性恋呢。"闻此，安竟然立马应答：

"没关系。"

确实没关系。或者确切地说，不会有关系的，安认为。但是，经过一段保守时期之后（而且在发出足够信号使作战舰队改变航程后），安终于确定格雷厄姆并非同性恋。刚开始，他们只是偶尔做爱，仿佛是遵循某种特定的社会潜规则。但逐渐地，他们开始像正常的情侣一样，有着正常的做爱频率和动机。三个月后，格雷厄姆借口说在诺丁汉有一个会议，于是他们利用周末时光从烟熏火燎的温泉小镇驾车去干石墙围绕的高沼地。有时，他们会担心芭芭拉打电话给旅馆，发现格雷厄姆·亨德里克夫人已登记入住，那该怎么办？有时候，他们决定下次要开两个房间，用自己的名字登记入住。

安吃惊地发现自己已经不知不觉爱上了格雷厄姆。他好像绝不是一个心目中的候选人：他火急火燎，笨手笨脚，起身离开时还踢到了餐桌腿，而迄今为止她爱过的男人都是那么优雅从容。虽然她发现格雷厄姆不喜欢谈论自己的工作，而对她的工作更有兴趣，但他还是她眼中的知识分子。起先，在格雷厄姆翻阅法国《风尚》的特装本时，她看到他调整鼻子上的眼镜会感到可笑，还有一种莫名的压迫感。但是，自从发现格雷厄姆去科林达报纸图书馆时不需要她陪同，而是自己校对关于一、二战之间罢工和示威游行的各种评论，安也就不再担心了。

她觉得自己比他年老，又觉得自己比他年轻。有时候她可怜格雷厄姆此前狭隘的人生，其他时候她又觉得气馁，因为自己知道的东西永远不可能同格雷厄姆一样多，永远不可能像他那样直截了当、逻辑严密地去说理。躺在床上的时候，她偶尔会想起他的头脑。那斑驳灰发下所容纳的东西和自己精剪有型的金发下的东西怎么就那么不同呢？打开他的头颅能不能马上看到一个不同的构造？如果格雷厄姆真做过脑外科医生，也许他自己就能告诉她。

他们的婚外情已有六个月，是时候让芭芭拉知道了，不是芭芭拉"需要"知道，而是他们"需要"告诉她。他们这样太冒险。与其经历一段令芭芭拉痛苦、让他们怀有负罪感的怀疑期后被迫承认，不如先发制人，主动坦白，这对芭芭拉来说也更加干净利索，没那么难挨。他们是这样告诉自己的。此外，每次格雷厄姆想看安的照片都不得不跑到厕所去，他讨厌这样。

两次他都退缩了。第一次是因为芭芭拉心情格外好，他不忍心伤害她，第二次是因为她正与自己针锋相对、洋洋得意，他不想让芭芭拉觉得自己告诉她这件事是出于报复。他希望把这件事说得透彻、清晰。

　　最后，他却只像个懦夫一样做成了这事儿：他在安那里待了一整个晚上。他本来没打算这么做，但他们做爱后睡着了，然后安惊恐地一巴掌把他扇醒，他就想，我干吗要回去？我为什么非得在冷冷的夜里开车回家，躺在我根本不爱的妻子身旁？所以，他翻了个身，让道德的睡眠代他坦白。

　　他到家的时候，爱丽丝按理应该已经到学校去了，但她还在家里。

　　"爸爸，我今天能去学校吗？能吗？"

　　格雷厄姆痛恨这种时刻。他转身面向芭芭拉，意识到自己再也不能以这样的方式看着她。然而，她看上去一成不变，也无法改变：卷曲的黑色短发，已显老态的美人脸，细心涂抹的蓝绿色眼线。她一言不发，面无表情地看着他，像是在看一个新闻播报员。

　　"呃。"他又看了一眼芭芭拉，但她还是没反应。"嗯，你当然可以去。"

　　"我们今天有历史考试，爸爸。"

　　"那你必须去了。"

　　爱丽丝尚来不及露出一个完整的笑容。

　　"必须？你哪儿来的权利说什么必须？说啊，告诉我，你哪儿来的权利。"芭芭拉的圆脸在怒火中拉得老长，温和的线条变得有棱有角。

格雷厄姆最痛恨这种时刻，他吵不过芭芭拉。她英勇无畏，毫无学术原则。和学生辩论时他应对自如：根据既定公理，心平气和，富有逻辑。在家里哪有什么既定公理。你似乎永远不可能从头开始讨论（或是单方面的训斥），而是在中途猛地打断、插嘴讲话。他面临的指控是一个个假设、推断、幻想、恶意，而包裹着争辩的冷酷无情则更加糟糕。胜利的代价令人恐惧——咬牙切齿的憎恶、无声的傲慢，或是悬在后脑勺的菜刀。

"爱丽丝，我和妈妈有事情要办，你回自己房间去。"

"她为什么要走？为什么不让她知道？你那些必须都从哪儿来的？这就是你整晚不回家的原因吗——在外面收罗必须？回来就给我们下一道道漂亮的命令，是不是？说啊，告诉我，今天我必须要干什么？"

天哪，已经一发不可收拾了。

"你生病了吗，爱丽丝？"他轻声问，女儿垂下了头。

"没事，爸爸。"

"她今天流鼻血了。我不能把流鼻血的孩子送到学校去。她这个年纪还不行。"

她又来了。"她这个年纪"——什么意思？不是这个年纪就可以把流鼻血的女儿送到学校去了吗？或者，芭芭拉不过是装模作样地从瑞士银行账户中提取"女性化"的理由来决定有所为还是无所为？与那个母女之间的秘密领域有关吗？而格雷厄姆早在几年前就被正儿八经地排斥在外了，"流鼻血"只是一种委婉的表达吧？

"现在已经没事了。"爱丽丝抬起头让爸爸看自己的鼻孔。即使如此，鼻孔还是隐藏在黑暗里。他不知道是不是应该弯下腰检查一下鼻孔，他不知如何是好。

"爱丽丝，这是一个恶心的习惯。"芭芭拉呵斥道，再次粗暴地把爱丽丝的头按了下去，"回自己房间去躺着，一小时后感觉好点了就去学校，我会给你写张纸条，你带着。"

格雷厄姆意识到自己在此类争吵中的无能。凭这一个举动，芭芭拉重申了她对女儿的权威，确保她在家中是父亲不良行为的见证人，确立了她是爱丽丝未来解放者的地位，从而稳固了反格雷厄姆联盟。她是怎么办到的？

"那么……"爱丽丝还没关上厨房门（虽然爱丽丝就快要把门关上了），芭芭拉就以一种陈述的语气，而不是询问的语气说道。格雷厄姆没有回应。他在倾听爱丽丝上楼的脚步声。但他听到的是：

"那那那那么么么么——"

"……"

十五年来，格雷厄姆唯一自学到的窍门就是：在老婆开始叽里呱啦地数落他时万万不要吱声。

"格雷厄姆，你不告诉我任何原因就夜不归宿直到这个点才回家而且一回来就想替我管这个家是什么意思？"

一上来就通篇质问。格雷厄姆已感觉到自己慢慢地与这座房子、与芭芭拉，甚至与爱丽丝分道扬镳。如果芭芭拉需要耍些复杂的把戏获得爱丽丝的同情心，那么芭芭拉显然比他更需要爱丽丝。

"我出轨了。我要离开你。"

芭芭拉看着他，好像从未认识过他。他甚至连新闻播报员都不是，他几乎变成一个入屋行窃的盗贼。她一言不发。格雷厄姆觉得应该说些什么，但没什么可说的。

"我出轨了。我不爱你了。我要离开你。"

"你没有。我会应对的。你敢的话，我就去找……找学校领导。"

当然，她会这么想。她认为他只可能和学生偷情。在她眼里，格雷厄姆就这点能耐。这让他更有信心了。

"对方不是学生。我要离开你。"

芭芭拉尖叫，非常大声地尖叫，格雷厄姆才不相信她呢。等她不叫了，他只是说：

"无论如何，你还会有爱丽丝支持你。"

芭芭拉再次尖叫，跟之前一样响、时间一样长。格雷厄姆不为所动，近乎傲慢。他想离开，他会离开的。他要去爱安了。不，他已经在爱她，而且会继续爱她。

"小心点儿——这可能适得其反。我要去上班了。"

那天他上了三个班的鲍德温，一点也不觉得枯燥，无论是自己重复的讲课还是好心学生的平庸都没让他心生无聊。他打电话给安，让她晚上等着他。午餐时间他买了一个大手提箱、一支新牙膏、一些牙线、一条熊毛地毯般柔软的法兰绒毛巾。他觉得像是去度假。是的，这应该是一个假期，一个漫长无尽头的假期——而且假期套着假期。这种想法让他觉得自己有点傻。他回到药店买了一卷胶卷。

他五点到家，径直上楼，没去看妻子女儿。他用卧室里的电话叫了出租车。放下电话时，芭芭拉走进了卧室。他没和她说话，只是把手提箱打开平放在床上。他俩同时往箱子里瞧。柯达胶卷也凝视着两人，发出刺眼的橙光。

"不准带走车。"

"我不会带走车。"

"不准带走任何东西。"

"我不会带走任何东西。"

"你把一切都带走好了，一切都带走，听见没？"格雷厄姆继续往手提箱里装衣服。

"我想要前门钥匙。"

"想拿就拿。"

"我要换锁。"（那你干吗还要钥匙，格雷厄姆漫不经心地想。）

芭芭拉走了。格雷厄姆装完衣服、剃须刀、一张父母的合影、一张女儿的照片，合上手提箱。箱子只装了一半，所有他想要的还装不满一个箱子。他为这一发现感到既振奋又欣喜。他曾读过一部阿道司·赫胥黎[1]的传记，还记得赫胥黎在看到自己在好莱坞的房子烧毁时的表现让他感到困惑。赫胥黎波澜不惊地看着他的手稿、笔记、全部藏书被付之一炬却无动于衷。时间很充裕，但他只救出了三件衣服和一把小提琴。格雷厄姆觉得现在他可以理解了。三件衣服和一把小提琴。他低头看了看手提箱，羞于箱子的大小。

他拎起箱子，听到衣服轻柔地落到铰链上的声音，到那边的时候衣服会有褶皱。他把箱子放在客厅，走进厨房。芭芭拉坐在餐桌旁。他把车钥匙和房子钥匙放在她面前。作为回应，她把一个洗衣房塑料袋推到他面前。

"别想着让我为你做这事。"

他点了点头，拿起袋子。

"我最好能跟爱丽丝说声再见。"

"她和朋友在一块儿，在那边过夜，我允许她的，就像你夜不归宿。"芭芭拉说，但声音中透出的更多是疲惫而不是恶意。

"哪个朋友？"

芭芭拉没回答。格雷厄姆又点点头，离开了。右手提着箱子，左手拿着袋子。他顺着门前的路向下走，沿着魏顿路前行，拐进海菲尔德路。他让司机在那儿等着。他不想让芭芭拉难堪

1　阿道司·赫胥黎（Aldous Huxley, 1894—1963），英国小说家、哲学家，代表作《美丽新世界》（若无特殊说明，本书注释均为译注）。

（也许他甚至想过走路离开能博取一丝同情），但坐公交到安那儿去开启人生第二篇章也太见鬼了。

司机打量了一番格雷厄姆和他的行李，但什么也没说。格雷厄姆思忖，这看上去一定像是慌张的夜逃，这一潜逃要么行色匆匆，走得太急，要么因为没赶上行程而狼狈不堪。但他自信满满，不想解释，坐在车后座顾自哼哼。车开了大约一英里后，他看到路边有个木制垃圾桶，他要司机停车，然后扔掉洗衣袋。没人会带着一袋子脏衣服去度蜜月。

于是，无尽的假期开始了。格雷厄姆和安在她的公寓里住了六个月，直到在克拉彭找到一栋带花园的排屋。芭芭拉立即提出离婚，再次证明她拥有让格雷厄姆猝不及防的能力。两年分居无责离婚没起作用，她想要离得正当、传统。对于她的要求，格雷厄姆表现得像赫胥黎一样逆来顺受。他得继续付房贷，得给爱丽丝抚养费，车和屋内全部家具都归芭芭拉所有。芭芭拉本人不接受任何专为她支付的资金，除非是间接资助。她想找份工作。格雷厄姆，后来甚至法庭都认为这些要求很合理。

1978年夏末，判决下达，根据此判决，格雷厄姆每星期可与爱丽丝见一次面。不久，他和安结了婚，在纳克索斯岛上度蜜月，住在同事的一幢白色小房子里。他们做了所有他们那种关系该做的事——频繁做爱，畅饮萨摩斯酒，久久看着在海港墙上风干的章鱼——很奇怪，格雷厄姆没觉得自己结婚了。他觉得很快乐，但并没觉得自己结婚了。

14天后，他们乘一艘满载家禽和寡妇的船回到比雷埃夫斯，然后坐另一艘满载养老金领用者和学者的船沿着亚德里亚海岸到达威尼斯。5天后，他们飞回家。飞机飞越阿尔卑斯山的时候，格雷厄姆牵起他优雅、善良、完美的妻子的手，反复轻声告诉自己，我是个幸福的人儿。这是假期中的假期，现在外部的假期重新开始，似乎没有任何理由可以停止这完美、悠长的假期。

两年过去了，格雷厄姆如预期那样有了已婚的感觉。也许，在潜意识中，他的预期是这次会和上次一样。当初娶芭芭拉的时候，他情欲炽热，火急火燎，有时笨手笨脚，对新奇的爱情震颤不已，隐隐觉得自己已经履行了对父母和社会的责任。但这一次，重点不一样了：他和安已经同床共枕一年多了，第二次爱情使他小心翼翼，而非心醉神迷。有几位朋友由于他抛弃了芭芭拉愤而疏远了他，另一些朋友则告诫他：有其一，必有其二。

若说具体发生了什么让格雷厄姆有了已婚的感觉，那就是什么事都没发生。生活没有恐惧，没有猜忌。所以，渐渐地，他的心情就像是翻腾的降落伞，惊恐中急剧下降后，所有一切都突然慢了下来。他悬在那儿，阳光洒在脸上，大地几乎没有在向他移动。他觉得安不是他的第二次机会，而永远是第一且唯一的机会。他们就是这个意思，他想——现在我明白了。

在爱面前，他越发感到轻松自如。他对爱——对安——的痴恋也越发炽烈。这事有点矛盾：越来越坚定的同时，也越来越危险。每次安出差，他就想她，不是出于性的渴求，而是真的思念她。她不在的时候，他就萎靡不振。他觉得自己很无聊，变得越发愚蠢，有些许害怕。他觉得自己配不上她，而只配当芭芭拉的丈夫。安回来后，他发觉自己直盯着她看，比他俩第一次见面时更加仔细地审视她。有时候，这份激情变得迫切且不顾一切。他嫉妒所有她碰触过的东西，他鄙夷那些没与她一起度过的岁月。如果没和她待在一起，他就觉得很受挫，即使一天也不行。他自言自语，同时扮演着自己和安两个角色。他从对话里得到确认，他和安相处得格外好。他没将这个习惯告诉安——不想让她承担太多爱的细节，生怕……生怕这些细节让她尴尬，生怕他好像在无限度地索求回报。

他常常想象自己向路人——其实是向每个有兴趣发问的人——解释他的人生。不过，事实上，并没人问，但那也许是出于礼貌而非缺乏兴趣。尽管如此，为了以防万一，格雷厄姆还是备好了答案，而且经常顾自背诵，轻声祈祷惊喜的到来。安让他的光谱都变宽了，他重新看到了他曾经看不到，但每个人都有权看到的五颜六色。他看绿色、蓝色、蓝绿色看了多久了？现在他可看到更多，而且觉得更安全了，那是实实在在的安全。在他崭新的生活中，一个念头低音般萦绕在他脑海，给他带来奇异的慰藉。他告诉自己，起码现在我有安了，起码现在有人会好好地疼惜我了。

第二章

抓个现行

当然，他早该心生怀疑了。毕竟，芭芭拉知道他讨厌电影。他讨厌电影，她也讨厌：这是二十年前促成他俩谈婚论嫁的一条纽带。当时，他们礼貌地耐着性子看完了《斯巴达克斯》，其间两人偶尔手肘有碰触，但这喻示的是尴尬而非欲望。事后，他们各自坦承，他们不仅不喜欢那部电影，也不怎么推崇电影所蕴含的理念。不去电影院，是他们这对情侣的显著特征之一。

而现在，按芭芭拉的说法，女儿爱丽丝希望爸爸带她去看电影。格雷厄姆突然意识到自己竟然一点都不知道爱丽丝以前有没有看过电影。当然，她肯定看过——除非她在审美方面反常地完全遗传了父母。但其实他并不确定，这让他很难过。三年过去了，你连自己女儿的喜好这样最基本的事情都不知道。而更令人难过的是，三年过去了，你连问都没问过自己你是否知晓。

但爱丽丝为什么想跟他一起去看电影？为什么要去霍洛威剧场看一部重映的国产喜剧片？这片子拍了都已经五年了，还是部大烂片。

"显然是电影里有个场景是在她学校里拍的呗。"芭芭拉在电话里敷衍地回答道。和往常一样，女儿从来不直接跟爸爸沟通，向他提要求。"她的朋友也都会去。"

"那她就不能跟他们一起去吗？"

"我想她可能还是有点怕电影院吧。有大人陪着她会比较开心。"明白了，并不是想和你一起去，而只想和一个大人一起去罢了。

格雷厄姆答应了，这是他如今的通常做法。

当他和爱丽丝到了剧院，他确信自己守了二十年的戒——不看电影是明智的。剧场的门厅飘着淡淡的烤洋葱圈的味道，看客们都喜欢在热狗上抹上烤洋葱来抵御温煦七月下午的凉意。他注意到，手中的电影票都贵得可以买一块小羊前腿连肩肉了。放映厅里，尽管观众很少，但香烟烟雾缭绕。毫无疑问，这是因为有少数观众悄悄模仿美国电影中的情节，一个劲地同时叼着两根烟在抽，那些电影格雷厄姆是断然没有看过的。

当片子（格雷厄姆使用了青少年时期他常用的限定性名词"flick"："movie"是美国用法，而"film"则使他联想起"电影学"）开始的时候，他更多地想到了自己讨厌电影的原因。人们谈论歌剧的忸怩、做作，可是他们真的知道如何欣赏歌剧吗？诚然，眼前这部《欣喜若狂》[1]的确是丢了歌剧的脸：艳俗的色彩，

1　《欣喜若狂》（*Over the Moon*），1939年英国电影。

荒唐的情节，十九世纪八十年代的音乐再加上点科普兰[1]的作品，和《浪荡子》如出一辙的情感道德的纠结。然而，当人们想就某一种艺术形式的基本惯例获得最清晰的认知时，它看上去总是糟糕的。

同时，有谁会认为在一部惊悚喜剧里让一个胖窃贼一直卡在煤洞里是个好主意？又是谁创造了一个比胖窃贼跑得还慢的瘦削跛脚侦探这种人物？噢，看啊，格雷厄姆自言自语道，追逐场景突然加快了速度，还配上了只有在下等酒馆里才会使用的钢琴曲。是的，电影人已经发现那种特技了。更令人沮丧的是，坐在观众席里的二十来个人——好像没有一位是爱丽丝的同学——似乎都非常真诚地在笑。这时，格雷厄姆感觉到女儿扯了扯自己的袖子。

"爸爸，这电影是不是哪里出问题了？"

"是的，宝贝，估计是放映机坏了。"他回答，当这一幕场景结束后，又加了一句，"现在修好了。"

时不时地，格雷厄姆会斜眼瞄一眼爱丽丝，他很害怕女儿会爱上电影院——这就好像一对滴酒不沾的父母培养出了一个酒鬼一样。不过，到目前为止，爱丽丝的脸上除了轻微的皱眉外一直毫无表情，他知道这是女儿表示轻蔑的方式。他等待着女儿的学校在电

---

1 科普兰（Aaron Copland，1900—1990），美国作曲家，被誉为"美国音乐之父"。他的音乐融合了专业音乐与民间音乐，特别是美国西部音乐的特点，机智开朗、质朴清新，既有民族色彩，又有个人风格。

影里出现，但这片子大部分时候都是室内戏。影片还运用长镜头拍摄了一座城市，导演想把它拍成伯明翰（格雷厄姆认出那是伦敦），但格雷厄姆认为自己在不远处看到了一栋眼熟的建筑。

"是那个吗？"他问女儿。

但爱丽丝的眉头皱得更紧了，她一言不发，让格雷厄姆陷入了尴尬的沉默。

大约一个小时以后，胖窃贼的行迹竟无意把这跛足侦探引向一个更邪恶的坏蛋——一个蓄着小胡子、一派意大利范儿、正懒散地靠在低背安乐椅上的家伙。他悠闲地抽着一根方头雪茄，一举一动都显示着对法律的不屑。这个倒霉侦探赶忙打开公寓里所有房间的门一探究竟。他在卧室里发现了一个女人，扮演者是格雷厄姆的现任妻子。她戴着一副墨镜，正在看书，胸部以下裹着床单，尽管她的样子故作清高，但那张凌乱的床暗示了一切。难怪这部电影被定为A级片。

就像英雄突然认出了人人皆知的美丽皇后一样，格雷厄姆也立即认出了自己那透着邪恶的妻子。她说话了，嗓音低沉到应该找个配音演员才对：

"我不想闹得人人皆知。"

格雷厄姆咯咯大笑，以此消弭那位像圆规似的杵在那儿的侦探的答话。他瞥了一眼爱丽丝，看到她又轻蔑地皱起了眉头。

接下来的两分钟时间里，格雷厄姆看着妻子把惊讶、愤怒、轻视、怀疑、困惑、痛悔、惊恐的情绪挨个来了一遍，然后从愤怒开始又来了一次。这是情感上的加速追逐戏，与那个加速播放的追赶场面异曲同工。她甚至还有时间走到另一侧的床头柜抓起电话，剧场里二十六名观众中那几位视线没有因抽两根烟而受影响的人因此可以一瞥她那裸露的肩膀。然后她从镜头里消失了，同样，毫无疑问，也从每一位非看这场戏不可的星探心中消失了。

走出电影院时，格雷厄姆还在自顾自地笑着。

"是那个吗？"他问爱丽丝。

"什么是什么？"爱丽丝故作深沉地问。这样子很像他，至少她还是从父亲那里遗传了性格。

"是那个镜头里出现的学校吗？"

"什么学校？"

"当然是你的学校。"

"你为什么觉得那是我的学校？"

格雷厄姆愣了一下。

"我以为这是我们来看电影的原因，爱丽丝，因为你想看看你的学校。"

"不是啊。"爱丽丝又皱了皱眉。

"难道你的朋友们这个星期都没来看这部电影吗？"

"没有。"

呃，好吧，当然没有。

"你觉得这电影怎么样？"

"浪费时间，浪费钱，连有趣的边都没搭上，就像非洲那样无聊。唯一有趣的地方就是放映机坏了的那段。"

很中肯的评价。他们上了车，格雷厄姆小心翼翼地开着车，来到位于海格特的那家爱丽丝最喜欢的茶室。他知道这里是爱丽丝的最爱，因为三年来，每个星期天下午他都会带爱丽丝出门，他们尝遍了伦敦北部的每家茶室。两人按照老规矩点了巧克力泡芙。格雷厄姆用手拿着吃，爱丽丝用叉子吃。两个人谁都没对食物发表评价，也没有点评其他事情，比方说，如果他没和芭芭拉离婚，爱丽丝的性格会和现在有什么不同。格雷厄姆认为谈及这些事情对爱丽丝不公平，同时也希望她自己不要注意到这些。其实爱丽丝心里都明白，但是，芭芭拉教导过她，当面指出别人没有礼貌的行为这件事本身就很没礼貌。

轻轻擦过嘴唇之后——别像个野蛮人一样粗鲁，妈妈经常对她说这句话——爱丽丝不带情绪地说："妈咪告诉我你很想看那部电影。"

"哦，她是这么说的？她说为什么了吗？"

"她说你想看看安，她怎么说的来着？噢，'最动人的荧幕角色'，我想她的原话是这样的。"爱丽丝神情严肃地看着格雷厄姆。听到这话，格雷厄姆很生气，但他觉得自己犯不着跟爱丽丝发火。

"我想你妈咪也许是在开玩笑吧。"格雷厄姆说，也是她要的一个小聪明吧。"听我说，我们为什么不反过来也跟妈咪开个玩笑呢？要不我们骗她说我们本来想去看《欣喜若狂》，可是人太多买不到票，所以我们只能去看最新的007电影？"他猜想最近有新的007电影上映，好像往往都有的。

"好啊。"爱丽丝笑了笑，于是格雷厄姆心想：女儿确实像我，是的，她像我。不过也许只有在爱丽丝和他意见一致时他才会这么想。他们又喝了一会儿茶，然后爱丽丝说：

"这不是部好电影，对吗，爸爸？"

"嗯，我觉得不是。"他又顿了顿。然后他犹犹豫豫地追问了一句："你觉得安怎么样？"但同时感觉女儿是在等他问这个问题。

"我觉得她是垃圾。"爱丽丝恶狠狠地答道。格雷厄姆这才发现自己搞错了，女儿是像妈妈的。"她简直就是个……是个骚货！"

像往常一样，听到女儿用这样的新词汇，格雷厄姆不动声色。

"她只是在表演。"但他的口气听上去更像是安抚而不是说理。

"是吗？那我觉得她演得实在是太好、太逼真了。"

格雷厄姆看着女儿那开朗明艳却仍未定型的脸庞，想着未来这张脸会长成什么样子：是像她妈妈现在那样既锋利又圆润，还是像自己一样沉思、隐忍、柔和？然而，他希望女儿既不要像爸爸也不要像妈妈，这是为了她好。

喝完茶，格雷厄姆把女儿送回芭芭拉的家，今天他开得比往常更慢。芭芭拉的家——他现在就是这么想的。曾经他认为那是他们俩的家，但现在已经变成芭芭拉的家了。那座房子的外观丝毫没有变化。格雷厄姆有点愤恨，自己在走之前为什么没有把房子重新粉刷一遍或干点其他什么，为什么没有做一些象征性的事情来表示房子的易主。但是，现在，这房子明确归属于芭芭拉名下。其实房子一直是属于她的吧，只是离婚前没人会这么想罢了。现在，每个星期，那幢房子的一成不变仿佛在提醒他……怎么说呢，他的背叛？

也许吧，就是背叛。不过芭芭拉对于背叛的感觉没有他想的那么尖锐。对于情感，芭芭拉是个马克思主义者，她认为他们不应该只为自己而活着，如果要生存、要吃饭，还得干点工作。另外，这几年来，她对于女儿和房子的兴趣远远大于对他这个丈夫的兴趣。人们期望她哭泣，她也这么做了，但她并不总是相信自己。

今天是这个月的最后一个星期天，像往常一样，芭芭拉将爱丽丝一把揽进自己的肘下，然后递给格雷厄姆一个信封。信封里装着芭芭拉认为他应该承担的、这个月除了抚养费之外的额外开销。偶尔，也可能是芭芭拉认为必要的、实则有点大手大脚的开销，她认为那是为了安抚女儿由于父亲的离开而遭受的惨重伤害——这个理由让格雷厄姆无法争辩，所以也只能让钱包出血了。

格雷厄姆什么都没说，把信封塞进了口袋。通常他会在下个星期天交还另一个信封，对方同样也是默默接受。如果对开销有所疑问，他们会在周四晚上通过电话解决，谈完之后他可以和爱丽丝讲五到十分钟的话，具体时长取决于她妈妈那天的心情。

"电影好看吗？"芭芭拉不动声色地问道。此刻，她看上去精致而漂亮，紧致的黑色卷发刚刚洗过。一副"出门享受美妙生活"的样子，和"受家务所累的单身妈妈"的样子截然相反。格雷厄姆对哪一种惺惺作态都置若罔闻。他现在一丝一毫都不想去思考自己当初为什么会爱上她。那一头黑发，黑得那么彻底，那一张难以记住的圆脸，还有那双带着负罪感的眼睛。

"没位子了，那个电影院很小，"他同样冷冷地答道，"电影院被分成了三个影厅。我猜她的同学之前都去过了。"

"那你们去干吗了？"

"我们想着既然都到电影院了，总得看点什么吧，所以我们去看了最新的007电影。"

"你说什么？"她的声调突然变得更加尖锐，比格雷厄姆预想的严厉得多，"这种电影会让孩子做噩梦的！真是的！格雷厄姆！"

"爱丽丝还没有那么敏感。"

"既然这样，我只能说，出了什么事由你负责！懂吗？由你负责！"

"好的，好的，那，再见。星期四再联系。"格雷厄姆灰溜溜地退下门阶，那样子就像个吃了闭门羹的刷子推销员。

如今已经不能和芭芭拉开这样的玩笑了。不过她很快就会发现他们并没有去看007电影——爱丽丝可以瞒一阵子，不过很快就会正经八百地招供的——不过，到了那个时候，芭芭拉就不会再把这看作一个报复似的玩笑了。为什么芭芭拉老是对他这样呢？为什么每次开车回家时他总有这种感觉？噢，算了，他想。算了吧。

"今天玩得开心吗？"

"还行。"

"开销大吗？"安不是在问这次带爱丽丝出去花了多少钱，而是在问信封里要了多少钱，也许还指花在那边的其他开销。

"还没看呢。"格雷厄姆随手把这每月一结算的账单扔到咖啡桌上，信封没有开封过。每次从那段失败的生活回到现实，他总是觉得意气消沉。那是不可避免的吧，他思忖。他总是低估了芭芭拉挫败他的能力，让他觉得自己跟个小孩一样没用。那个信封，他怀疑，说不定还装着他的幼童军时的签名卡片，说不定现在他的前妻正在贴印有大红钩的"完成任务"的贴纸呢。

格雷厄姆走进厨房，他知道安已经给他准备好了一杯酒：50%杜松子酒和50%奎宁水——每个星期这个时候她给他配的"药方"。

"今天差点抓你个现行。"他笑道。

"什么？"

"今天差点抓住你和同事鬼混。"他解说道。

"啊，不可能。和谁呀？"安还没有听懂他的笑话。

"那个意大利佬，蓄着小胡子，穿着天鹅绒夹克，一手抽方头雪茄烟、一手拿着一杯香槟的那个。"

"噢，那个啊。"她还是一脸迷惑的样子，"应该是恩里科或者安东尼奥吧。他们俩都蓄小胡子，而且都嗜酒。"

"是里卡尔多。"

"噢，里卡尔多。"拜托了，格雷厄姆，单刀直入吧，她暗暗想道，别让我这么紧张行吗？

"里卡尔多·德夫林。"

"德夫林……天哪，迪克·德夫林。你不会说你去看了《欣喜若狂》吧？天哪，它是不是很糟糕？我是不是演得很糟糕？"

"只是演员选得不好。而且他们都没用福克纳的剧本，对不对？"

"我坐在床上，戴着一副滑稽的墨镜，然后说了句'我不想人人皆知'之类的话。扮演的是主角。"

"可能比你记忆里的要更好一点。不，不是可能，就是更好些。你说的是'我不希望闹得人人皆知'。"

"别安慰我了。我做得很糟糕。而我也受到了惩罚。在别人眼里成了一个放荡的女人。"

"这……"

"你们怎么会去看那部电影？我以为你们要去看有爱丽丝的学校的电影呢。"

"本来是的，只不过我怀疑是不是真的有这部电影。呃，我想，当然这只是我的猜测，或许是芭芭拉开了个玩笑吧。"

"他妈的芭芭拉！芭芭拉这贱人！"

"亲爱的，别那么说。"

"不！我就是要说！他妈的芭芭拉！你每个星期只有三个小时陪女儿，那是你们唯一可以相处的时间，而她还要用这三个小时来报复我！"

"我觉得她不是故意的。"格雷厄姆口是心非。

"不是这样还能是怎么样？她就是想让你看我演得一塌糊涂，然后让你在爱丽丝面前难堪。你知道孩子是很容易受影响的，现在爱丽丝肯定觉得我是个荧幕婊子。"

"她没那么敏感。"

"她这个年纪的人没有能够不受影响的。婊子，那就是我在电影里的样子，那就是她的想法。'爸爸离开了家，然后找了个婊子结婚'，她明天就会跟学校里的朋友这么说的。'你们的爸爸都是和你们的妈妈结婚的，但我爸爸呢，走了，离开我妈妈了，然后和一个婊子结婚。我星期天看到她了，真的是个婊子'。"安模仿着少女惊慌尖叫的样子。

"不，她不会的。她还不知道婊子这个词呢。"格雷厄姆安慰她，虽然这话连他自己都不信。

"必定会对她产生影响的，对吧？妈的芭芭拉太贱了！"她又骂了一次，这次好像是在做总结。

即使现在，每次听到安骂人时，格雷厄姆还是会有点惊讶。他始终记得第一次听到她说脏话时的场景。那是一个雨夜，他们漫步在斯特兰德大街上，突然她停了下来，松开格雷厄姆的手臂，低头看了看腿的后面，说了一句"他妈的"，她的小腿上溅上了一些泥水。就这么点事。她穿的是紧身衣，泥渍应该很好洗掉。当时天又那么黑，没人会注意到这么点脏东西。而且当时他们的约会已经要结束了，并不是刚刚开始。但即便这样，她还是骂了一句"他妈的"。本来是个很美好的夜晚，他们一起吃了顿丰盛的晚餐，相处得很融洽，有聊不完的话题。但即便如此，几滴泥水就让她"他妈的"脱口而出。如果真有很严重的事情发生，她又会骂什么呢？比如说她摔断了腿，或者俄国人打进来了。

芭芭拉从不骂人。和芭芭拉在一起的时候，格雷厄姆也不会骂人，最多是句"该死的"，不会有比这更严重的话了，除非是在心里默念的。那个晚上，他和安继续往前走之后，他轻轻问了句："如果俄国人打进来了你会说什么？"

"什么？你这是在吓人还是在预测？"

"不不不，我的意思是，你仅仅弄脏了衣服就骂人，那我想知道如果你摔断了腿或者俄国人打进来了你又会说什么。"

"格雷厄姆，"她小心翼翼地答道，"我想船到桥头自然直吧。"

他们默默地走了一会儿。

"我猜想，你认为我是那种一本正经的人。其实我只是想知道你会说什么而已。"格雷厄姆说。

"我猜也许你已过惯了那种中规中矩的生活吧。"

之后，他们暂时就没有再提起这一话题。格雷厄姆不禁注意到，随着他和安越走越近，倒是他自己越来越爱说脏话了。起初还犹犹豫豫的，后来很释怀，最后就津津乐道了。现在，他已经可以像其他人一样骂人话张口即来、抑扬顿挫的。他猜如果俄国人真的来了，那么要说的话也就水到渠成了。

"拍《欣喜若狂》感觉怎样？"那天晚上一起洗碗的时候，格雷厄姆问安。

"呃，不怎么有趣。很多室内戏，由于预算有限，我们经常得穿重复的衣服。我记得他们把剧本删减了很多，还有好几场戏是同一天拍的，这样就不用经常换衣服了。"

"那你那位意大利情人呢，他怎么样？"

"迪克·德夫林？其实他是个地地道道的东伦敦人。完全看不出来对吧？事实上，我觉得几个星期前我好像在一个剃须刀的广告上看到过他。他人挺不错，虽然没什么才华，但人不错。不会表演，只是靠着他自己说的'瞪眼技能'演戏。有天下午没戏的时候他居然带我去打保龄球！你能想象吗？保龄球！"

"那……"格雷厄姆正在擦干餐具，然后他转过身去折叠餐巾，这样安回答的时候就看不到他的眼睛了。"……你去了吗？"

"呃，去了。"从她声音传来的方位，格雷厄姆判断安在看着自己。"我想就那一次。"

"只是一会儿。"

"没多长时间。"

格雷厄姆轻轻把餐巾拍平，拿起一个干净的茶匙放到水龙头下冲了起来。他一边冲一边亲吻安的一侧脖颈，发出轻微的鼻息声，然后在同一个地方又亲了一下。

他喜欢她直爽的回答。她从不羞答答，从不扭扭作态，从不闪烁其词。她从来不会以"这种事你不懂"这样的话来搪塞你，尽管她本可以理直气壮地这样做。她会告诉他，实实在在地告诉他，不会遮遮掩掩。格雷厄姆就喜欢这样的方式：只要他问了，他就能得到回答；如果不问，则得不到答案。多么简单。他拿起咖啡托盘，向客厅走去。

安很庆幸自己在遇到格雷厄姆的前几个月就退出了演艺圈。八年的时间足够让她明白，天赋和职业之间没什么必然联系。她演过戏，上过电视，后来又拍电影，这一切工作让她确信，当自己处于巅峰状态时，她真的表现很好，然而，对于她来说，那还远远不够好。

她苦苦挣扎了几个月，最后选择了放弃。退出并不是为了休息，而是要全身心地做一件不一样的事情。她巧妙利用与尼克·斯莱特的友谊，轻松地进了雷德曼和吉克斯公司。（所谓巧妙，不仅仅是指在尼克提供这份工作之前不和他上床，而且是跟他说清楚，即便他给了工作自己也不会和他上床。面对她这种不妥协的态度，尼克反而看上去一脸宽慰，甚至深怀敬意。后来她觉得，或许这才是上策，这才是时髦的方式：当今，就是不用靠和谁上床来谋职。）事实证明，这样是行得通的。不出三年，安就成为那家公司的首席采购代理人，掌握着六位数的预算，可以周游世界各地，每天工作多久取决于自己，尽管有时候要加班。在遇见格雷厄姆之前，她就体悟到自己的生活已多了一份前所未有的安稳感。现在呢，她感觉生活更稳固了，从未有过的稳固。

星期四，格雷厄姆给芭芭拉打了电话，两个人就账单的事进行了一番争论。

"为什么爱丽丝需要买这么多衣服？"

"因为她需要。"活脱脱芭芭拉式的回答：抽出你句子中的一部分，然后加以重复。这为她节省了时间，好让她准备下一个问题的回答。

"为什么她需要买三个胸罩？"

"因为她需要。"

"为什么？难道她一次要戴三个吗？一个叠一个？"

"一个戴着，一个干净的备用，一个洗了晾着。"

"但几个月前我刚给她买了三个。"

"也许你没注意，格雷厄姆，而且我也怀疑你有没有关心过，不过我要告诉你，你的女儿正处在发育期。她的，她的……尺寸在变。"

他本来想说"哦，你的意思是说，她这朵花儿要含苞待放了"，但他再也没自信能跟芭芭拉开玩笑了。所以他只是措辞温和地辩白道：

"她发育得有那么快吗？"

"格雷厄姆，如果你束缚一个正在发育的女孩，那将造成无法估量的伤害。禁锢身体，就会影响心灵。这道理人人都懂。我还真没发现你已变得这么吝啬了。"

他讨厌这样的交谈，尤其是因为他怀疑芭芭拉会故意让爱丽丝断章取义地听到一部分，这样女儿就会因为父亲的可恶而站在她那边。

"好吧。那好吧。好吧。另外，谢谢你迟来的结婚礼物，如果那个算结婚礼物的话。"

"什么？"

"结婚礼物。上个星期天下午发生的事。"

"噢，是的，很高兴你喜欢。"只有这一次，她听上去是在防守，于是格雷厄姆本能地再次出击。

"不过我真的无法想象你为什么那么做。"

"你想不到？你无法想象？"

"是想不到，我的意思是，你竟然这么有兴致……"

"哦，我只是觉得你应该知道自己惹上了什么麻烦。"她说得有板有眼、母性十足。格雷厄姆感觉自己在节节败退。

"谢谢你。"婊子，他在心里加了一句。

"别客气。另外，我也觉得，让爱丽丝知道她的父亲如今正处于一种怎样的影响之下是件很重要的事。"他没有听漏"如今"这个词。

"但你是怎么知道安在这部电影里的？她并没有出现在海报上。"

"我有自己的眼线，格雷厄姆。"

"别开玩笑了。快说，你是怎么发现的？"但她还是那句话：

"我有自己的眼线。"

第三章

对眼熊

杰克·勒普顿起身去应门，随手将燃着的香烟搁在胡子里。他伸出双臂，把格雷厄姆搂进门，一手搭在格雷厄姆的肩膀上，一手捶了他屁股一拳，最后推着他走向客厅，嘴里吼叫着：

　　"格雷厄姆，你这个老淫棍，进去吧。"

　　格雷厄姆忍不住笑了出来。他觉得杰克大多数时候都在胡说八道，不仅格雷厄姆这么想，连他的朋友们也这样觉得。不过他这个人倒是绝对好相处，总是扯着嗓子跟你谈天说地，还时不时搂你一下，亲近得很，所以你很快就会忘记他在前一天嘲弄你的玩笑。他的这份平易近人也许是装出来的，不过是为了讨人欢喜而已，但就算如此，这一招也是管用的，而且它一如既往，毫不犹豫，基调不变——他和格雷厄姆的友谊已经保持五六年了——你就大可不必担心他的真诚。

　　起初，他要香烟的把戏是为了诙谐地彰显他的个性。杰克的胡子长得像钢丝球一样浓密，在颧骨附近塞进一根高卢烟丝毫没有问题。他在派对上跟某个姑娘聊天时，就会起身去拿饮料，这时候他得腾出双手，把还燃着的香烟塞进胡子里（有时候为了演这出，他还会特地点上一根烟）。接着，他就拿着饮料往回走，一副矮胖敦厚的模样，顺便察言观色，根据女孩的反应采取三种不同对策。如果那姑娘看上去很老练、很机敏，或者甚至很警惕，他就会若无其事地取下烟来继续抽（他向格雷厄姆断言，这一举动令他"别具一格"）；如果姑娘稍显羞涩，不怎么机灵或者姿色平平，他就继续把烟搁在胡子上，开始谈论某本书——不过他从来不提自己的书——然后就跟对方讨烟抽（这证明他是个心不在焉、天马行空又不失聪明的作家）；如果杰克一点看不透这女孩，或者觉得她疯疯癫癫，或者是他自己喝得醉醺醺的，他就会任由香烟一直慢慢烧到胡子，然后装出一副茫然的样子问她："你闻没闻到附近有股烧焦的味道？"（这就使他成了一个"真正了不起的人物，些许狂妄不羁，也许有点自我毁灭性，你懂的，就像真正的艺术家那样，可又如此风趣"。）运用第三种策略时，他通常会弯弯绕绕地编点童年故事或者祖辈往事，但这不免有风险。有一次，为了追求一位谜一般的魅力姑娘，他任由香烟把自己烫伤。他想不到那女孩根本没注意到那根香烟，他的难以置信和肉体的疼痛同步飙升。后来，他才发现那女孩儿趁他去拿饮料的时候摘掉了隐形眼镜，她的眼睛受不了烟熏。

"来杯咖啡？"杰克又重重地拍了拍格雷厄姆的肩膀。

"好的。"

杰克在勒普顿街公寓的家的一楼已被他打通，改成了开放式的布局，前方的侧厅直通向后方的厨房。他们此时坐在中间地带，杰克将这里用作客厅。侧厅里放着他的书桌，桌前摆着钢琴凳，桌旁有个倒翻的垃圾桶，他的电动打字机隐身在垃圾下依稀可见。杰克曾向格雷厄姆解释过他的创造性混乱理论。他自称是个天性好整洁的人，但是艺术需要混乱。显而易见，那些文字似乎只在感受到某种性感的无序环境时才会如泉涌般袭来，整齐的秩序只会成为阻碍。因此就有了这乱糟糟的废纸、杂志、牛皮信封和上一季足球赛赌博的传单。"我的文字需要感受到自己降生的意义，"杰克解释道，"就像那些土著部落的妇女分娩到报纸上。同样的道理，说不定还是同样的报纸呢。"

杰克拖着矮胖的身躯往厨房走，一条腿轻轻一撇，放了个响屁。

"不是我，是风。"他咕哝着，几乎是自言自语，但也不完全是。

格雷厄姆之前就听到过杰克的响屁了。他以前就听到过连连的响屁，但说实在的，他并不介意。后来杰克逐渐成了一名知名小说家，当他日渐增长的名气使他自我放纵、性格乖张，他就常常屁随心响。他的一个个屁并不是衰老的括约肌发出的尴尬的气体，而是中年人发出的那种闹腾的、铆足了劲的响屁。不知怎的——格雷厄姆甚至不能理解这个过程——杰克竟使放屁成了一个能令人接受的特殊癖性。

一旦他放了屁，还不仅仅是能令人接受而已。格雷厄姆有时觉得他是故意为之。有一次，杰克打电话来叫他帮忙一起去挑选壁球拍。格雷厄姆推辞说自己只打过三次壁球——其中一次还是和杰克，那次他被折腾得满场跑，差点累出心脏病——但是杰克拒绝接受他对权威的挑战。他们一起到了塞尔弗里奇[1]的体育用品部，尽管格雷厄姆一眼就看到了左手边的壁球拍和网球拍，杰克还是拉着他在整个店里转了一圈。又走了几步后，他突然站住，做了一个放屁前撇腿的预备动作，顺便背对一排斜放着的板球拍——噗的一声。之后两人接着逛，杰克侧身对格雷厄耳语道：

"柳林风声[2]。"

五分钟后，杰克决定还是用自己原来的球拍，格雷厄姆却在想这是不是他的预谋。要是杰克没找准时机，或者没想到这个梗，又或者没打电话给格雷厄姆来运用这前面两者，那他又该怎么办？

"好啦，伙计。"杰克递给格雷厄姆一杯咖啡，接着坐下来，抿一口自己的，然后从胡子里拿出香烟抽了起来。"富有同情心的小说家总能关心学者的困苦。他们每小时赚15英镑，就这么点破钱，无节制地上课。我就凭自己本事，发挥一下创作才能，写一个故事至少也有200英镑。开开玩笑啦，扯淡的。"

格雷厄姆摆弄了一会儿自己的眼镜，抿了一口咖啡。该凉一凉再喝的：他感觉到一部分味蕾都被烫伤了。他双手捧着杯子，

---

1 塞尔弗里奇（Selfridges），一家英国高档百货公司。
2 *The Wind in the Willows*，《柳林风声》，是一部英国经典儿童文学读物。

盯着咖啡看。

"我不是想让你给出具体的建议，也不是我胆子太小，做事情还得先获得你的支持。我只是有点担心，有点不能接受自己的反应……对反应的反应。我，呃，我不太懂这种事情。而且我想，杰克肯定比我知道得多，也许自己还经历过，或者不管怎样，很可能认识有过这种经历的人。"

格雷厄姆抬头望向杰克，可是咖啡的热气在眼镜上起了雾，他只能看见一片模糊的棕黄色。

"老伙计，你的这些话听起来就像男同的直肠似的。"

"啊，不好意思。是嫉妒心。"格雷厄姆突然说道。为了说得更明白些，他又补充道："性嫉妒。"

"我可没这样的经历。唉，听到你这么讲很难过啊，老兄。你那位小娘子一直在玩火，对不？"杰克觉得奇怪，为什么格雷厄姆会来找他——不找别人偏偏找他。他的语气变得更加亲切。

"没办法预见的，我只能这么说。没办法预见未来，等你都知道了，就已经晚了。"他等着格雷厄姆继续说下去。

"不，不是那样的。天哪，如果是那样的话就糟糕了。糟糕了。不是的，可以说是……前尘往事。都是前尘往事。都是在我之前的那些家伙，她遇见我之前。"

"噢。"杰克越发警觉起来，更加好奇格雷厄姆为什么偏来找他。

"那天去看了场电影。一部三流片。安参演的。有个家伙——名字就不说了——也出演了。结果，安和他……和他曾有床戏，次数倒不多。"格雷厄姆很快加了一句，"也就一两次。并没有——你知道的——并没有跟他假戏真做或者有点什么。"

"嗯。"

"后来一个礼拜里我又去把那部电影看了三遍。第一次我觉得，你知道，再看一眼那家伙的脸还挺有意思的——上一次我真是没看清。所以我又看了看，不太喜欢那张脸，以后也不会喜欢。后来我不知不觉地又去看了，又去了两次。我甚至没在附近的影院看，还跑到霍洛威，为了去看电影我还调课了。"

"那——那感觉怎样？"

"嗯，第一次——算上和安一块去的那次也就是第二次——是……很滑稽的。那个……小子演一个黑手党，但是我知道——安告诉过我——他是伦敦东区人，所以我仔细听了听，他一句话没说到三个词，口音就回去了。我就想，安为什么就不能跟个好点的演员演床戏？我有点在嘲笑他，后来又想，我也许演不了花花公子，但是我他妈的在学术圈里肯定混得比他在演艺圈里强。我记得安跟我说过，这个人最近好像在拍剃须刀广告，真是个该死的可怜虫，这部影片可能就是他职业生涯的巅峰了吧。他以后将无法摆脱失败、嫉妒和愧疚的纠缠，偶尔还得去排队领救济金过活，他会异想天开地忆起安，想着她现在过得怎么样。我走出电影院的时候心想：'哼，去你妈的，你这家伙，去你妈的。'

"第二次——就是第三次——这有点容易搞混。我干吗还要去看呢？我就是去了嘛。我感觉自己……应该要去。我感觉自己有种预感：预感和自己有关，只能这么说了。或许当时心情比较愉快吧，总之我也不知道自己为何要坐在影院里——就是我调课的那次——前面的大约半个小时极其无聊，也不知道自己接下去会是什么感觉。但不知怎的，我知道这一次会和以往不同。我想我那时就该一走了之。"

"那你为什么没走呢？"

"噢，是因为清教徒的幼稚想法吧，花了钱就不能浪费。"实际上，这没道理。"不，没那么简单。跟你说我的想法：我当时感到自己正濒临某种危险，就是在期待自己不知道要期待什么。这听起来——玄乎吗？"

"有一点。"

"不，并不是。这其实非常真切。我当时浑身战栗，感觉自己马上就要知道一个天大的秘密了，感觉自己会害怕得不得了。像个孩子似的。"

格雷厄姆停了停，啧啧地喝了口咖啡。

"你觉得很害怕？心里忐忑不安？"

"差不多，很难说清楚。我倒不是害怕这个男的，而是他让我有了害怕的感觉。我想找人寻衅一番，但又不知道该找谁。我那时还觉得自己快要得病了，不过这与此无关，是另一码事了。我当时非常……沮丧，我想就是这样。"

"听起来是的。那最后一次去呢？"

"一样。一样的地方，一样的反应。都是那么强烈。"

"有慢慢减轻一些吗？"

"嗯——好了一点，但每次回想起来又感觉强烈。"他没再说下去。感觉他好像是说完了。

"你也没要求我给你建议，不过我还是说了吧。我想说，你还是别再去看电影了，反正我之前也不觉得你爱看电影。"

格雷厄姆似乎没有在听。

"你要知道，我讲了这么多电影的事，是因为它是个导火索。它一着，所有的事情都跟着来了。我想说，安在我之前的一些男友我显然都是有所了解的，我甚至还见过几个。当然不是全都认识。不过，我是在看过这部电影之后，才开始在意他们的。安和他们上过床，这突然让我心痛。突然觉得这就像……偷情。这么想是不是有点蠢？"

"这……有点出人意料。"杰克故意没有抬头。他脑子里首先想到的词是疯狂。

"这很蠢。但我在用不一样的眼光看待他们了。我已经开始介意他们了。躺在床上等着入睡的时候，感觉自己像是查理三世，马上就要和那谁开战……先不管是谁了。"

"你是在犯病吗？"

"没。有时候，我想在我脑海里把他们排成一排，好好打量一番，有时候我又不敢这么做。有几个我知道名字，但不知道长相，我就那样躺着想象他们的面孔，拼凑出他们的嫌疑照片来。"

"那，还有别的吗？"

"嗯，我找到了安出演的其他几部电影，然后去看了。"

"这些事情安都知道多少？"

"没有全告诉她。她不知道我又去看电影了。只跟她提过我最近心情郁闷。"

"她怎么说？"

"噢，她说，她很难过我嫉妒心这么强，或者说占有欲太强，或者管它是什么，我大可不必这样，她所做的事情都没什么——当然没什么——还说我可能是工作太累了。其实不是。"

"你对自己有没有愧疚的地方？有没有在做出格的事情？"

"天哪，没有。如果我当年能对芭芭拉忠心耿耿，不管是十五年还是多少年，如今我就不会想着要和安分手了，我们在一起也挺长时间了。"

"当然。"

"你这话不太能令人信服。"

"没有，当然了。对你来说——当然如此。"他现在这番话听上去倒是挺令人信服的。

"那我该怎么办？"

"你不是不想要建议吗？"

"不是，我只是想知道自己的处境。你有没有遇到过类似的情况？"

"没有吧。嫉妒心我也不是没有，可我是个偷情高手——我有我的风格，不是你那种。我有一条好的建议，你需要的时候都可以用得上。那么，好吧……不过以前的事情我不是很热衷。"杰克顿了顿，"当然了，你也可以让安对你撒谎，让她告诉你她没做过那些她其实做过的事情。"

"不。反正，你不能这么做。不然她说的真话我也永远无法相信了。"

"那好吧。"杰克觉得自己今天无比有耐心。他很久没有如此谈论自己了。"这些事情对我来说有点散乱，恐怕是写不成故事的。"奇怪的是，有那么多人，甚至是朋友，来强人所难，就因为你是个作家，他们就觉得你对他们的麻烦事感兴趣。

"那，你没什么主意？"

于是呢——他们先说自己并不需要你给建议，可他们当然是需要的。

"如果是我的话，我就去外面搞搞女人，治愈治愈。"

"你是说真的？"

"绝对的。"

"那能有什么用？"

"你试了就会感叹这多么有用了。包治百病。从头疼脑热到写作瓶颈，都能治。对夫妻吵架也很有疗效。"

"我们没吵过架。"

"从来没吵过？好吧，我信你。我和苏经常吵。总是如此——

当然，除了兴盛期。不过，兴盛时我们连床都懒得收拾，只会吵一吵谁该在上面。"格雷厄姆眼镜片上的雾气散去了，他可以看到杰克歇了口气，想好好讲讲趣闻轶事。他应该记得，杰克的注意力，不管你怎么拖延，是不会无条件集中的。

"要是瓦莱丽的话——你没见过瓦儿吧，是不是？——我们每时每刻都在吵架。那也是20年前的事了，不过我们从头就开始吵了。不像你，老骚货，那全跟《金屋泪》[1]《一夕风流恨事多》[2]里演的一样。她在公交车站的雨篷下抬起手，然后我用两根僵硬的左手手指解开肩带，可我又不是左撇子。假装你是在抚摸她的大腿，同时还得吻她，另一只手越过她的右肩往下摸到那两个宝贝，搞得有点像那个凶残的克劳塞维茨[3]呢，是不是？现在想起来也没差太多。

"于是呢，我们就从这儿开始吵，先是我该把手放在哪儿，什么时候放，用多少根手指，诸如此类的。最后终于到了'诺曼底登陆'，我就想，好了，现在总不用吵了吧。可偏不，我们又为了多久一次、什么时间、什么地点这些事吵来吵去。她还会追究，杰克，那是新买的安全套吗，能不能拜托你检查一下有没有

1　《金屋泪》（*Room at the Top*），1959年英国电影，由约翰·布莱恩同名小说改编。

2　《一夕风流恨事多》（*A Kind of Loving*），1962年英国电影，由斯坦·巴斯托同名小说改编。

3　克劳塞维茨（Clausewitz），德国军事理论家，普鲁士军队少将，著有《战争论》一书。

过期？你能想象吗——搞到一半把灯打开，就是为了看一眼安全套包装盒上的生产日期？

"诺曼底登陆之后，我们当然就进入了阿登战役[1]，那是结婚之后了。于是又开始吵了，我们该这样，我们不该那样，你为什么不找个正经的工作，来看看这个针织花纹，人家玛格丽特都已经生了三个了。这样过了五六年，实在是够了，我敢说，再过下去我都想当同性恋了。"

"瓦莱丽后来怎么样了？"

"哦，瓦儿，她嫁了个教师。有点胆小的那种，也不错了。她喜欢小孩，这一点对我来说很受用。她肯定每次都会检查安全套包装盒上的生产日期，我肯定。"

格雷厄姆不知道杰克要扯到哪里去，可他不大在意。他从未听闻过勒普顿的往事：杰克号称只会活在当下，过去的事情都要抛之脑后。如果问起他早年的经历，他要么跟你聊他的小说里的情节，要么即兴编一个巴洛克式的故事。当然了，谁也不知道他此刻讲的这些是不是根据格雷厄姆的需要而特地改编的某个故事。这位小说家尽管一贯坦率，但未必真诚。

"和瓦儿分开以后，本以为吵架的日子到头了。我认识了苏，觉得她很不错。在诺曼底登陆方面毫无问题：呃，不会有问题——那是十多年以后，还有伦敦，而且那时已建了可恶的英吉

1　阿登战役，又称突围之役。1944年12月16日德军发起的大反击，1945年1月被击退。

利海峡隧道，老兄，是吧？苏的脾气好像比瓦儿好多了，至少刚开始的时候是这样。所以我们结了婚，接着，慢慢地，你猜怎么着，又开始吵架了。她会先问我的角色是什么，诸如此类的。然后我就说，我想要个床上的小蜜人儿，来吧。接着我们就会大吵一架。我就离家去寻找安慰，等我回来以后，她又会为了这个跟我吵。所以后来我想，好吧，也许是我的问题，也许没人能跟我一起生活。于是我们觉得，要是我在城里有间公寓，让她住在郊外，这样分开来住会更好。呃，你记得的吧——也就几年前的事情。"

"然后呢？"

"然后，你猜怎么着？我们还是和以前一样吵架，好吧，也许次数要少一些吧，因为我们见得也少了。但是我敢说，我们见面时每小时的吵架次数一直都是保持稳定的。而且我们尤其擅长在打电话时比赛谁的嗓门更大。大吵的次数和住在一起时没有差别。吵完以后，我还是老样子，打电话给某个前女友，寻求一点慰藉。每次都很有效。我姑且称之为偷情吧。每次都很有效，如果我是你，就出去找个漂漂亮亮的已婚少妇。"

"我睡过的女人大多是嫁了人的，"格雷厄姆说，"嫁的人就是我。"他有点沮丧。他到这儿来可不是来听杰克的人生故事的；不过呢，听一听当然也无妨。他也不是来学习杰克的独门诀窍的。"你不是真的建议我出去偷情吧？"

杰克大笑。

"当然是的。可是转念一想，还是算了吧。你就是个满脑子愧疚感的老爷爷。你要是真这么做了，肯定会立马回家扑在安的耳边稀里哗啦地坦白，那对你们俩一点好处都没有，解决不了任何问题。不，我想说的是，这就是你的对眼熊。每场婚姻里都有一只对眼熊，你现在就遇到了。"

格雷厄姆茫然地看着他。

"对眼熊。让你成了对视眼的熊，让我成了对视眼的熊，不是吗？他妈的，格雷厄姆，我们俩都是结过两次婚的人，都亲身体验过什么叫脑子有问题，每次都是三思而后行。可如今，这四场婚姻告诉我们，甜蜜的时光无法长久。有什么法子呢？我的意思是，你不认为这一切都是安的错吧，对吗？"

"当然不。"

"你也不认为是你的错吧？"

"不认为——我想我不觉得这里面有谁的错。"

"当然了，也很有道理，都是动物的天性使然。就这么回事，也是婚姻的本质。这是个设计过失。问题总是会有的，最好的解决办法，如果你想解决的话，就是认清它，孤立它，时刻应对它。"

"比如你打电话去找前女友？"

"当然可以。但是你不会想要这么做的。"

"类似的办法我都不想用，我只想给自己的脑袋放个假。"

"办法是有的。愿意的话就做点不相干的事，不过要认认真真地做。打打飞机，一醉方休，出去买条新领带。做什么不要紧，只要你有办法重整旗鼓。否则就会把你打趴下，把你们两个人都打趴下。"

杰克觉得自己讲得头头是道。他不习惯给人答疑解惑，但他深信自己在这么短的时间里已给格雷厄姆讲了个大致框架。他一边讲，一边就给他们俩的生活强加了某种模式。不过，毕竟，这是他的本职工作，从混沌中提炼秩序，将恐惧、惊慌、痛楚和激情浓缩为两百页的文字，拿去卖点小钱。他就是靠这个赚钱的，所以这也不算是不务正业。和写小说一样，三句真七句假，撒撒谎而已。

尽管不大乐观，格雷厄姆还是决定再考虑考虑杰克说的话。他一直都认为杰克比自己更有经验。可真的是这样吗？他俩都结过两次婚，阅读量也差不多，智力上谁也不输谁。那为什么要把杰克当作权威人士？或许是因为他写书，而格雷厄姆既敬仰文字又爱看书，打心底里尊崇书的指导。又或许是因为杰克有无数风流韵事，他身边好像总有新鲜姑娘。但这些都不足以使他成为婚姻的权威。可是这样的话，谁才是呢？米基·鲁尼[1]？莎莎·嘉宝[2]？某个苏丹[3]或是其他人？

---

1 米基·鲁尼（Mickey Rooney），美国演员，曾获奥斯卡终身成就奖。他结过8次婚，有9个孩子，以及19个孙子和几个玄孙。
2 莎莎·嘉宝（Zsa Zsa Gabor），好莱坞知名演员，离过7次婚，曾创造一项纪录：在1982年同男演员费利佩·阿尔巴（Felipe De Alba）结婚一天即宣告离婚。
3 苏丹，伊斯兰国家对统治者的尊称。某些伊斯兰国家允许一夫多妻。

"或者……"杰克捻着胡子,摆出非常严肃的样子说道。

"怎么……?"

"呃,有个万能的办法……"格雷厄姆挺了挺身子,坐得笔直。这就是他到这儿来想要的。杰克肯定有主意,肯定知道正确答案。这就是为什么他要到这儿来。他知道自己来对了。"……你应该少爱她一点。"

"什么?"

"少爱她一点。挺老套的说法,但很管用。你不用厌恶她或者不喜欢她什么的,不用那么极端。学着超然一点就行了,愿意的话就做她的朋友,少爱她一点。"

格雷厄姆犹豫了。他不知道该说什么。过了一会儿,他终于说:

"家里养的植物死了我都会哭。"

"先生,你再说一遍?"

"她养过非洲紫罗兰。我想说,我不怎么喜欢非洲紫罗兰,安也不是很喜欢,可能是别人送给她的。家里还有别的她更喜欢的花。这些紫罗兰得了植物湿疹之类的病,然后就死了。安一点都不在意,我却跑进书房里哭了。不是为了那些紫罗兰哭——我就是想到她给它们浇水,为它们施肥,你懂的,不是因为她对这些破花的感情——她其实对它们没什么感情,我说过的——而是她付出的时间,她给予的陪伴,她的生活……

"我再跟你说件事。每次她出门上班之后,我做的第一件事就是拿出我的日记本记下她当天的穿戴。鞋子、紧身衣、连衣裙、胸罩、短裤、雨衣、发夹、戒指，连什么颜色都会记下来，一样不落。当然了，她经常穿同样的服装，但我还是会记下来。有时候，我就在白天拿出我的日记本看一看。我不想记住她的样子——那就是作弊了。我会拿出我的日记本——有时候我在上课，就假装在思考论文题目什么的——就坐在那里，像是在给她穿衣服一样。这感觉……非常美妙。

"我再跟你说件事。晚饭后总是我来收拾桌子。我走进厨房，把盘子都放进水槽里，然后我突然发现自己在吃她的残羹剩菜。你知道的，通常都不是什么好东西——肥肉、变色了的蔬菜、香肠里的软骨——可我就是吃得很欢。然后我又回去坐到她对面，想着我们两个人的胃，想着我吃下去的这些东西差点就进到她的胃里了，可现在却进了我的胃。我想，这对那些食物来说肯定是非常奇妙的时刻，当刀子落下来的时候，叉子把它推到了这一边而不是那一边，于是，它就没能进入你的胃，而是到我这儿来了。这一切似乎都让我觉得自己和安更加亲密了。

"我还要再跟你说件事。有时，她会半夜起来。夜里看不清，她又半睡半醒的，也不知怎的——老天才知道她为什么会如此，反正她就是这样——她会把擦拭私处的手纸扔到纸篓外面。第二天早上我进厕所看到地上的那张纸……然后——并不是像闻内裤这样的怪癖——只是看着它，觉得……软软的。就像那些蹩脚喜剧演员的纽扣孔里的一朵纸花，看起来漂亮、鲜艳，很有装饰性。我都想在自己的纽扣孔里别上一朵了。我把它捡起来扔进纸篓，但随后又觉得可惜。"

两位友人面面相觑，沉默了一阵。杰克察觉到格雷厄姆有些好斗，这番倾诉带着莫名的锋芒。他的叙述也流露出一丝自我满足。杰克觉得有点尴尬——这种感觉太反常了，于是他开始反思自己的内心世界，而不再考虑格雷厄姆。忽然，他意识到他的朋友已经站了起来。

"呃，谢谢，杰克。"

"很高兴能帮忙。希望我帮上忙了。下次需要心理咨询的话，给我打电话就行了。"

"嗯，我会的。再次道谢。"

前门关上了。两人在相反的方向上各走了几步，然后同时停了下来。杰克轻轻撇了撇腿，在客厅里摆出类似半蹲的动作。他放了个屁，不是很响，自言自语道：

"随风而逝。"

屋外，格雷厄姆也停住了，嗅了嗅落满尘土的女贞树和满得溢出来的垃圾桶，然后做出了决定。要是他不去那家比较好的肉摊，而是直接在超市把东西买全的话，就能在回家的路上溜进影院看《美好时代》，这样就又能逮到安偷情了。

第四章

圣塞波尔克罗，波吉邦西[1]

1　圣塞波尔克罗和波吉邦西，都是位于意大利托斯卡纳的小镇。

接着，这种情绪开始蔓延。

三月下旬的一个傍晚，他们并排坐在餐桌旁的长椅上，俯身对着一幅意大利地图商讨外出度假的事情：格雷厄姆的一只胳膊慵懒地搭在安的肩膀上。这姿势令人舒心，带着夫妻间特有的亲昵，好似对杰克那急切伸展手臂动作无声的滑稽模仿。单是瞅着地图，格雷厄姆就已浮想联翩。一个个假日让往昔熟悉的欢愉在心头泛起，嗅来像是浣洗过的干净衣裳。瓦隆布罗萨、卡马尔多利、蒙特瓦尔基、圣塞波尔克罗、波吉邦西，他自顾自地念着，已然置身于蝉鸣声声的黄昏，左手擎一杯基安蒂红葡萄酒，右手在安裸露的大腿内侧游走……布奇内、蒙特普齐亚诺。一只雄鸡重重地落在卧室窗外，安然地吞食着肥硕的无花果，喧闹的振翅声惊醒了他……此时，他眼神迷蒙。

"阿雷佐。"

"是呀，那是个好地方。我多年没去了。"

"不。是的，我是说，我知道，阿雷佐。"突然间，格雷厄姆的慵懒幻想一扫而空。

"你没去过，是吗，亲爱的？"安问他。

"不知道。不记得了。不过不要紧。"他又注视着地图，但一滴眼泪淌入左眼，模糊了他的视线。"不，我刚才想起你曾跟我说你随本尼去过阿雷佐。"

"我说了吗？好像是说了。天哪，那感觉像是多年以前了，也确实是。肯定至少得十年了，可能在六几年吧。想想吧，六几年啊。"一想到自己做这些有趣的、成年人的事儿已这么久了，她顿时感到一阵欣喜，至少15年了啊，她还只有35岁。如今，自己更充实、更幸福了，而且依旧足够年轻，追求愉悦的热情丝毫未减。她向格雷厄姆靠得更紧了。

"你随本尼去过阿雷佐。"他重复道。

"是的。你知道吗，我压根儿不记得那儿了。那儿是不是有个大大的、碗状的广场？要么那是锡耶纳？"

"是锡耶纳。"

"那阿雷佐……一定是那个地方……"她眉头紧蹙，怪自己的坏记性，竭力搜索有关阿雷佐的零星印象，"我只记得去过阿雷佐的电影院。"

"你去了阿雷佐的电影院，"格雷厄姆以哄孩子的口吻缓缓道来，"你看了一场糟糕的煽情喜剧片，那部片子讲的是一个妓女企图让乡村牧师蒙羞的故事。接着，你走出影院，去了你能找到的唯一一家还开着的咖啡屋，坐在那儿慢慢喝一杯冰镇斯特瑞嘉酒，边喝边想你怎么能够再回到那湿冷的气候中生活，然后你回到酒店，你……搞了本尼，搞得神魂颠倒，仿佛快乐无比，而且你对他毫无隐瞒，绝对毫无保留，你甚至连心中的一个小小角落都没保留，让它不被碰触，留到你遇见我。"

这一切都是以哀婉、受伤的口吻诉说的，讲得太有板有眼了，不像是任性胡言。他是在装腔作势？还是在开玩笑？安看过去一探究竟的时候，他继续道：

"当然了，最后一部分是我编的。"

"当然。我从没对你说过那样的话，对吧？"

"没有，到咖啡屋那儿为止都是你告诉我的，其他的是我自己猜想的。你当时的表情告诉了剩下的一切。"

"呃，我不知道是不是这样的，我不记得了。总之，格雷厄姆，我当时才二十、二十一岁，那之前从没去过意大利。我还从来没有跟像本尼那样对我好的人一起去度过假。"

"或者说那么有钱的人。"

"或者说那么有钱的人，说错了吗？"

"没错。我无法解释。我当然不能说是对还是错。我很高兴你去过意大利。我很高兴你不是独自去的，独自去也许会有危险。我很高兴有一个待你很好的人陪你去。我很高兴——我觉得我别无选择——你在那儿和他上了床。这一切我是逐渐知道的，我明白其中的道理。所有的一切都让我很高兴，只是它们也让我想哭啊。"

安柔声说道：

"我那时还不认识你呢。"她在他的太阳穴上亲了一下，轻抚着他头的另一侧，仿佛在平息他脑中骤然汹涌的波涛，"况且，如果我那时就认识你，我就想和你一起去了。但我还不认识你呀。所以我不能嘛，就这么简单。"

"是啊。"就这么简单。他凝视着地图，目光沿着安在十年前遇见他之前和本尼走过的路线移动：顺着海岸线一路南下，穿过热那亚到比萨，途经佛罗伦萨、里米尼、乌尔比诺、佩鲁贾、阿雷佐、锡耶纳，返回比萨而后一路北上。本尼已为他切除了一大块意大利。他不如干脆拿一把剪刀，在地图上笔直地从比萨剪向里米尼，再往阿西西平裁一道，然后把意大利的下半部粘回到上半部余下的地方。这么一来，意大利就形似一只短筒女靴——侧边上缀有小巧纽扣的那种。就是妖艳的妓女穿的那种，或许他是这样想象的。

他们可以去拉文纳，他想。他讨厌拼剪图样，他真的讨厌拼剪图样。本尼把拼剪图样的活儿留给了他。真是太感谢你了，本尼。

"我们可以去博洛尼亚。"他终于说道。

"你之前去过博洛尼亚。"

"是的。"

"你是和芭芭拉去的博洛尼亚。"

"是的。"

"你在博洛尼亚十有八九和芭芭拉同睡一张床。"

"是的。"

"呃，我觉得博洛尼亚还可以。那儿是个好去处吗？"

"我忘了。"

格雷厄姆又盯着地图。安轻抚他的脑袋，尽量不让自己对那些事感到内疚，她知道，若是为之内疚，就会显得很蠢。沉思了几分钟后，格雷厄姆轻声道：

"安……"

"嗯？"

"你去意大利的时候……"

"嗯？"

"和本尼一起……"

"嗯？"

"有没有……有没有……我只是好奇……"

"说出来总比憋着好。"

"有没有……嗯，有没有……我不奢求你还记得……"他一脸忧伤地望着她，目光里透着恳求与期待。她渴望能给他想要的答案。"……就是有没有什么你去过的地方你能记起来——你能确切记起来……"

"怎么，亲爱的？"

"……你在那儿来月经了？"

他们开始默契地一笑，略为尴尬地亲吻起来，好像两人本来都没这念头似的。然后安果断地卷起地图。

然而，第二天，格雷厄姆比安早到家几个小时，不由自主地踱向她的一排排书架。他在第三个架子前屈身跪地，从底部开始检视她的旅游手册。有几本伦敦的旅游指南，一本奔宁山脉的——它们并不意味着什么；一本学生版旧金山指南；詹姆士·莫里斯[1]的威尼斯游记；佛罗伦萨和法国南部旅行指南；德国、西班牙、洛杉矶、印度指南。他不知道她还曾去过印度。她是和谁一起去的印度呢，他纳闷，不过，对这个问题他既没强烈的兴趣，也不存猜忌之心，也许是因为他对自己去那儿兴致索然。

他抽出一小撮塞在书架尽头的地图，很难立马辨认出每幅地图上的城市，这是因为安懒得费心把它们折回去——换作他是一定会的——把扉页露在外头。他想，这样的粗心大意是否在大多数女性身上普遍存在。如果是的话，他一点也不会奇怪。毕竟，女人的空间感和地理感是不靠谱的。她们往往找不着北，有的甚至分不清左右（譬如他的初恋女友艾莉森：每当司机要她在车上指方向时，她都会举起拳头盯着它看——就好像手背上贴了个标着"左""右"的大标签似的——然后把手上写的读给司机听）。这一切是条件反射吗，他暗自思忖，还是由大脑结构所决定？

看来，女人同样无法在脑海中轻松地构建城市地图。格雷厄姆曾见过一幅人体示意图，上面各个身体部位的大小均按照其表面的敏感度来呈现：结果呢，图中的畸人顶着巨大的脑袋，长

---

1 詹姆士·莫里斯，英国小说家、旅行文学作家。

着非洲人的嘴唇，双手形如棒球手套，中间是瘦削、似是腌制过的身子。他本该记得生殖器的大小，却怎么也想不起来。他想，安内心的伦敦地图也是这样扭曲失衡的吧：南端是极度臃肿的克莱普汉姆，连着一连串宽阔的主干道，通向索霍区、布鲁姆斯伯里、伊斯灵顿和汉普斯特德；向南往骑士桥的方向有一个鼓胀的气泡，另一个则通向邱园；而将它们连接起来的是一大堆杂乱无章、用微型字体标印的地带——位于伊令市顶端与史戴普尼南部的霍恩西以及紧挨奇西维克岛旁的犬岛。

也许这就是女人——格雷厄姆现在从安身上归纳出的结果——从不把地图折叠好的原因吧，因为对女人来说，城市的整体概念并不重要，所以折地图并没有什么"正确顺序"。安的所有地图都像是使用中途突然被人打断了，就这么原模原样地收了起来。这么一来，地图就显得更加私密了，而且格雷厄姆突然意识到，这就对他产生了更大的威胁。在他看来，一张地图一旦按次序原位折叠，也就失去了使用者的印记，那就可以被毫无牵挂地出借或赠人。看着安胡乱压扁的地图和上面纵横交错的折痕，就像看见一口时钟停滞在某个特定的重大时刻；或者——更糟的是，他意识到——这就像是在读她的日记。某几幅地图（巴黎、萨尔茨堡、马德里）上有圆珠笔勾画的标记：叉叉、圆圈、街道号码。她在遇见他之前的种种生活细节，就这样突兀地出现了，他仓皇地把地图塞回原处。

那晚晚些时候，他用尽量柔和且不温不火的口气问道：

"有没有想过要去印度？"

"哦，我们没打算去那儿的，对吧？"安一脸惊讶。

"我不太想去，只是想知道你感不感兴趣。"

"我想我曾经感兴趣过，而且研究过这回事，不过好像挺没劲的，所以就断了这念头。"

格雷厄姆点了点头。安疑惑地望着他。可他没回应她眼里无声的疑问，而她也打定主意不去追问。

从此以后，他便不再担心印度了。他倒是担心意大利、洛杉矶、法国南部、西班牙和德国，而他至少没理由再去担心印度。他想，在印度没有哪怕一个印度人见过安和除他之外的其他人并肩而行。这是千真万确、不可更改的事实。当然，这么说遗漏了所有在英格兰、意大利、洛杉矶、法国南部、西班牙和德国的印度人，他们有可能见过她和本尼和克里斯和莱曼和菲尔和无论是谁手挽手漫步街头。不过这些印度人在数量上远远不及本土印度人，他们中绝对没人（除非到海外度假——此刻他闪过这一念头）可能见过她。

印度安全，南美安全，日本和中国安全，非洲安全，只有欧洲和北美不安全。电视新闻播放有关欧洲或美国的报道时，他就发觉自己天马行空。读晨报时，但凡涉及世界动荡区域，他时常一扫而过；不过因为他仍旧容留了同先前等量的读报时间，他逐渐发觉自己对印度和非洲的了解远远超过他的所需甚或所想。尽管他没有严肃钻研，但他还是对印度政事如数家珍。他也十分了解日本。在院系公共休息室，他偶遇那位阴差阳错走进来的邋遢的老年病学专家贝利，说道：

"你知道吗，日本成田机场前四个月运营就亏损了1600万英镑？"对此，贝利耐人寻味地答道：

"已到男性更年期了？"

下午独自在家时，格雷厄姆发觉自己找寻证据的热情越发炽盛。有时候，他也不确定什么才算是证据；有时候，在突袭的过程中，他在想自己如果真的找到了他既惧又恨的证据，他是否会暗暗窃喜。一次次的强迫搜寻，其结果是自己对安的几乎所有物品又重新认识了一遍，只不过现在他是换用一种被玷污的眼光看待它们而已。

他打开她用来存放外国硬币的胡桃盒子，里面被分成了12块方格，每个格子里面都铺上紫色天鹅绒内衬。格雷厄姆盯着这些没有用掉的钱币：里拉[1]代表本尼，或那另一个家伙，或者——唉，他不得不承认——他自己，以及他们婚后在威尼斯的五天时光。五分币、二十五分币和一美元银币代表莱曼，法郎代表菲尔，或者那个开吉普的猥男——杰德，或管他怎么叫自己。还有这个，格雷厄姆边想边拿起一枚大银币，这个代表谁呢？他念了念银币边缘的字：R. IMP. HU. BO. REG. M. THERESIA. D. G.另一面写着：ARCHID. AUSTR. DUX. BURG. CO. TY. 1780. X. 他暗自微笑。一

1　意大利里拉（Lira），意大利、梵蒂冈、圣马力诺等国的货币单位，现已被欧元取代。

枚印着玛莉娅·特蕾莎女王[1]的克朗币，起码在那儿什么也没做。

他对她装满了书夹式火柴的柳条篮也如法炮制。她虽不吸烟，却喜欢收集火柴——从餐馆、旅店、俱乐部这些赠送火柴的地方。他在随性的鸡尾酒和醉熏的宴席遗留物中翻找，在数不胜数的格雷厄姆没有抛头露脸的场景中苦苦搜寻，在这过程中他突然发觉，唯一的困难便是他此刻正在筛查的这些免费宣传品是否就能确定安真的去过那些地方。朋友们知晓她的收藏习惯，于是会搜罗一些特别炫目或者不起眼的玩意儿给她的小篮子添彩。格雷厄姆甚至还鼓励他们这么做。那他怎么才能按图索骥呢？除非你对此了若指掌，否则妒火中烧没有意义。或许对格雷厄姆来说是这样的吧。

他心中无数，大为恼火，就移步到安的书架前继续搜寻，搜寻那些不可能是她买给自己的书。有几本已经被认定是她之前的护花使者们送的礼物。他抽出这些书，几乎是看在往昔岁月的分上，开始读上面的题词："致我的……""爱你的……""衷心爱你的……"无聊透顶啊，格雷厄姆心想：如果他们要讲的全是这种废话，那干脆印些标签得了嘛。接着他抽出安的那本《歌门鬼城》[2]。"献给我的小松鼠，你总是记得藏坚果的地方"。天杀的杰德——是的，他就叫杰德，因为那教养顶好的红毛猩猩的枯

---

1 玛莉娅·特蕾莎女王，奥地利女大公和国母，匈牙利女王和波希米亚女王。
2 《歌门鬼城》，英国诗人、小说家、画家兼剧作家马尔文·皮克（Mervyn Peake, 1911—1968）的代表作。

瘦签名坐实了这一点。那个开吉普车的谄媚小人。是啊，哦，那是意料之中的嘛。他应该是送过她《歌门鬼城》，至少书签表明她至多读了前30页，这就对了嘛。《歌门鬼城》，他语带轻蔑地暗自重复道。还有那个杰德，当初安是怎么说他来着？"一段短暂、疗伤的韵事。"疗伤？哦，他觉得自己能理解。而短暂呢？对此他深感欣慰，而且不仅仅出于显而易见的原因。他可不想家里乱糟糟的，堆满了托尔金[1]和理查德·亚当斯[2]的作品集。

格雷厄姆效法"剥光杰克"[3]，开始和自己玩起了游戏。他必须在安的书架上找到别人送给她的书。如果他尝试四次都没有找到这样一本书，他就输了。如果第四次找到一本，他可以再玩一轮，如果仅试了两次就找到，他就为自己攒下了两次尝试的机会，所以下一轮就有六次机会。

只是小小地作了下弊，他便成功地将这个游戏玩了大约20分钟，尽管那个时候搜寻的乐趣已越来越无法遮蔽胜利带来的不快。他坐在地板上，看着那一堆代表战利品的书，深感气馁又沮丧。最上面是一本《恋情的终结》[4]。"别苛求我，这已经很棒了，到时你也会明白的，简直太好了，M。"哈——迈克。就他

1　托尔金（J.R.R.Tolkien，1892—1973），英国奇幻作家，代表作《魔戒》。

2　理查德·亚当斯（Richard Adams，1920—2016），英国小说家，代表作《海底沉舟》。

3　剥光杰克，一种纸牌游戏，最早出现在狄更斯作品《远大前程》中。

4　《恋情的终结》，英国传奇作家格雷厄姆·格林代表作。

会讲这类混账话。简直太好了。他真正的意思是，"你为什么不表现得差劲些，这样我就可以毫无愧疚地离开你？"迈克，这个俊朗健美的家伙——安这样告诉他——会迷人地摇摇头，害羞地眨着眼睛看着你。安就是这么形容他的。格雷厄姆将他想象成一个面肌痉挛的蠢货。

这让他伤心。他想寻衅生非却茫然无措，这还让他深感自怜，但主要还是让他感到直入肺腑的悲伤。也许，现在正是好时机，可以尝试一下杰克给的办法了。倒不是说他到杰克那儿是去寻求解决之道的，其实不完全是。不过试试倒也无妨。呃，他觉得无妨。况且，安还有至少一个半小时才到家。

格雷厄姆带着自嘲的心情走进书房。不说别的，他的书房成了唯一安全的藏身之所，简直荒唐。他拉开一节文件柜抽屉，上面标着1915-1919。所有文件夹都开口朝外，呈于眼前，唯独一个例外。他把那个取出来，开口向上，掏出一个糖果条纹的粉色纸袋。去哪儿呢？不能下楼，万一安出其不意地回来了呢。不能在卧室——那简直太像偷情了。待在这书房？可是待哪儿呢？别在书桌前，那感觉完全不对劲。他不情愿地决定去洗手间。

格雷厄姆在18岁的那个夜晚之后就再也没有手淫过，第二天早上他约了后来成为初恋女友的艾丽森。这个决定大大增强了他约她出去的信心，此后，他便怀着虔诚的感激之情，终于与手淫一刀两断。另外，他并没有对这档子罪恶感到快乐。他过去常常在家里的卫生间手淫，要么在结肠运动之前，要么紧随其后，所以如果被查问到他去了哪里，他事实上也没在说谎。这稍稍减弱了负罪感，不过它仍旧阿谀奉承般地萦绕左右。

他意识到，自从人们将它视为"手淫"——那个冷峻、令人眉头紧皱、带着《圣经》般色彩的医学词汇——他也就不手淫了。毫无疑问，还有其他相近的词汇，但感觉"手淫"这个词词如其意。手淫、奸淫、排便，源自童年的严肃词汇，代表还没上瘾前要仔细思量的种种活动。如今，全都是自慰、我操和厕屎，而没人会对任何一个仔细斟酌。是呀，他自己也用"厕屎"一词。偶尔、私下里会。当然了，杰克却是张口自慰、闭口我操。格雷厄姆在这两个词的使用上还有点踌躇不决。说到底，"自慰"是这么一个静悄悄的、在家进行的、在一定程度上无辜的词：这使得它听上去像是一种家庭手工。

距离他上一次手淫已经22年了。自慰，在好几处不同的公寓和房子里他都没做过。他坐在马桶座上，环顾四周，然后起身，把软木顶的亚麻布纸盒拽过来对着他。地毯上原来放纸盒的地方有了四个扎眼的凹陷，每个矩形角上都积了灰尘。格雷厄姆坐回马桶座上，把亚麻布纸盒拉近了些，接着把纸袋放了上去。然后他将裤子和内裤褪至脚踝处。

那感觉并不是很舒服。他站了起来，合上马桶盖，把一条毛巾横铺在上面，又坐了回去。他吸了一口气，手伸到袋子里，掏出两本杂志，那是他从一家偏远的电影院回家的路上向一个印度报亭匆匆买来的。

买的时候他装作一脸困惑，就好像他真的只是帮别人买的一样，不过他认为自己只做到了神情鬼祟。

这两本杂志一本是他听说过的《藏春阁》[1]，另一本是他从没听说的《长剑》[2]。他把它们并排放在亚麻布纸盒上，开始读封面上的目录。他对《长剑》这个杂志名甚感好奇。那是意指一个由埃罗尔·弗林[3]称王的、海盗式性爱的世界吗？或者，它也许只是"细长"这一形容词的比较级？比尔等更轻巧、硕长？

依照某些杂志出版商的惯常做法，封面上的两位女郎每个都只露出一边胸部，在格雷厄姆的眼中，她们显得无比美艳。这样的美女为何非脱衣不可？难不成绝色容颜与乐意脱衣之间有某种关联？最大的可能是，绝色容貌与收受不菲金钱而脱衣之间存在关联，他想大致如此吧。

他深吸一口气，低头看着他之前叫作生殖器，但现在不确定的东西，用右手握住了它，左手翻开《长剑》的封面。在另一张目录页上，这次的插图上有一条幽深、粉红的沟壑，顶上是一片热带雨林。看样子，这沟谷里也在下着雨。格雷厄姆心驰神往，还微微有些骇然。接下来是几页读者来信，同样配着几张风土照片，接着是另一个绝色女郎的八页系列写真图。第一页中，她只

1 《藏春阁》，*Penthouse*,是上世纪60年代由鲍博·古斯尼创办的著名色情杂志。
2 《长剑》，原文为*Rapier*，后文的形容词"细长"，原文为rapy。
3 埃罗尔·弗林（1909—1959），澳大利亚演员，成名作《布拉德船长》。弗林所扮演的角色大都是惊险片和军事片中浪漫而勇敢的人物。

穿着一条热裤坐在一把藤椅里；下一页她就脱了衣服在拨弄自己的胸部，接着就到了……第八页时，她似乎是在无力地抚摸自己。到了这最后一页，格雷厄姆的大脑已不听使唤，他感到一阵虚脱，毛衣的左臂、亚麻布纸盒和婀娜多姿的女郎……厕所里一团乱。

惊慌中，格雷厄姆匆匆抓起几张厕纸——就好像他至多只有两秒钟的行动时间——开始擦拭他的袖子、他的杂志、他的生殖器（姑且如此称呼吧），以及那个亚麻纸盒。令他惊愕的是，他看见盒子的软木顶上粘上了些许濡湿又黏滑的印迹。他把湿乎乎的厕纸冲下了马桶，寻思着该怎么办才好。这些污渍看上去并不是单纯的水渍。他能说他洒了什么呢——须后水？洗发露？他想是否也滴几滴洗发露到亚麻布纸盒上，这样安问起的时候（就像当初他老爸问起那样）他至少不用对她撒谎。但万一洗发露的渍记不一样该怎么办？那他只得说他洒了一些洗发露和须后水，听上去不太可能。这个当口，他意识到自己在洗手间待了不过五分钟而已。安回来还得过老长时间呢，他可以坐着慢慢等，看那些痕渍会发生什么。

这不是一次特别销魂的……自慰，他想他最好开始这样称呼它吧。太短促、太突然，最后关头又太惊慌，以至于不能尽情地享受。不过，他倒是被自己所用的材料彻底震惊到了。他向后斜靠着马桶槽，翻开了《藏春阁》。他浏览了目录，翻到饮品专栏，足够精彩，写得颇为诙谐。然后是汽车专栏、时尚特写，随后是一篇科幻小说，讲的是当有一天机器人不只可以被打造成爱人，比他们凡胎肉体的竞争者们还要优秀，而且还能使女人受孕，男人会有怎样的境遇。之后他读了读者来信专栏和编辑回函，里面满是中肯的建议。

此时他注意到两件事：一、当他在读一封萨里主妇的来信，信中说她用大量形状古怪的玩具自我取悦时，他的阴茎——现在他觉得要这么称呼它了——再一次有了知觉；二、痕迹好像已经全都干了。一不做二不休，他兴冲冲地自言自语道，于是又开始自慰，只是这一次更加小心、更加兴致勃勃、更加其乐融融，不论是前戏，还是高潮，还是尾声。

第五章
短腿佬和四眼佬

"哟哟哟，我的可人儿。这真是诗人所谓的稀客啊。"

"杰克，你忙吗？我不会待太久。"

"呀，这可不是我听过最好的'拜托'，不过，我帮。"

杰克稍稍侧身靠到墙上，感觉到安进门时轻轻擦过他的身子。安快步走进杰克那间长长的多功能房间，一屁股坐下。杰克小心翼翼地关上前门，跟了上去，面带微笑。

"喝咖啡吗？"安摇了摇头，婉言谢绝。她还是像记忆中一般俏丽，灵秀干练，仪态万方。

"杰克，我来是想跟你聊聊往事。"

"哦，亲爱的。我还以为我又要上一堂婚姻指导课呢。我倒并不介意告诉你我更喜欢看到哪位女郎横躺在我的沙发上。"

"你待格雷厄姆很不错。"

"没做什么。我记得就只是说了些瞎话，还说让他郁闷的时候买顶新帽子。差点就告诉他其实男人也像女人那样一个月总有那么几天，不过我觉得他不会买账。"

"呃，他回家的时候看上去冷静了些。他好像很欣赏你说的。"

"随时愿意效劳。"

杰克皮肤黝黑，矮矮胖胖的。他在她面前站着，重心落在脚后跟，身体向后倒。他看上去向来有点像威尔士人，安想，但其实不然。杰克穿着一身棕色的粗花呢套装，一件旧皮马甲和工作衬衫，穿过底领钉着的金领扣纯粹是用来装饰的。安过去总是不解杰克向世界展示自己的方式：他穿得比较随便，是为了追求记忆中的或是想象中的自耕农朴素的样子，还是为了追求艺术家放浪形骸的气质？以前，她认真地问起他的过去时，他总是诓她，不过她并不在意。这一次她来，倒是为了谈谈她自己的过去。

"杰克，"她慢慢说道，"我决定隐瞒我们俩交往过的事。"

杰克本来想笑的，但注意到安表情如此严肃，就忍住了。他把手从口袋里抽出来，脚后跟并拢，尖声说道：

"啊哈！"

"是因为昨晚的事。我们……格雷厄姆给我报了些我前男友的名字。他有点醉了，我们俩都有些醉了。我们这些天似乎醉得多了些。后来他开始哭，喝口酒，接着哭。我问他怎么了，他就说了我一个前男友的名字。他就说'本尼'，然后又灌了一口酒，接着说'本尼和杰德'。然后再灌一口，接着说'本尼和杰德和迈克尔'。糟透了。"

"确实不好笑。"

"他每灌一口，就报名字，每报一次，就加个新的上去，然后再哭一会儿，再灌一口。"安边回忆边抽了张纸巾，"他就这样了好一会儿，后来突然说出了你的名字。"

"很意外吗？"

"当然了。一开始我想，他来找你的时候，你一定都告诉他我们俩的事了，但后来我转念一想，如果你说了，他回家的时候就不会那么开心了。所以我挺坚定地说：'他不是，格雷厄姆。'。"

"也没错。"

"我感觉不太好，因为我自认之前从未骗过他。我是说，平常那些谎不过就是地铁延误了或者别的什么，但根本没有……像那样的。"

"呃，你知道我对风流韵事的应对规则：大大的欺骗，小小的谎言，多多的善意。不明白为什么这不适用于过去的事儿。"

"所以我说了'不是'后，现在很害怕。我相信你能理解。"

"当然。"其实，杰克有点受伤。这就好像有人拒绝了你一样，虽然这个比喻很傻，但就是这么回事。"没问题。只是可惜了自传里的那一章，不然进度可以加快了。"

"对不起，替你重写了过去。"

"没事儿，我自己一直这么干。我每次讲的故事都不一样。大多数我都不记得是怎么开头的了。不知道孰真孰假，不知道我来自何方。"他换上一副悲伤的表情，好像有人偷走了他的童年似的。"啊，艺术家的生活就是这样苦甜参半。"他已经要开始虚构创作了。安笑了笑："那朋友们怎么办？"

"这个嘛，现在还没有人露过面，很多那个时候的朋友已经不来往了。"

"呃，这个可能听上去有点失礼，不过你可不可以提醒我一下我们俩分手是什么时候的事？1974年？1973年？"

"1972年的秋天到1973年的夏天。还有……之后还有一两次。"

"哦，是的，我记得一两次。"他笑了，安也朝他笑笑，但少了些自信。

"我可能有一天会告诉格雷厄姆——当他……不……这样了的时候。我是说，要是说到和这个有关的，或者他问了，或是其他什么。"

"到那时，我的过去就还给我喽。哦，多么美妙的一天，万岁，万岁[1]。那现在情况如何啊？小奥赛罗怎么样了？"

杰克的油腔滑调让安有点受伤。

"他现在很不好。你可能觉得他有点神经兮兮，有时候我也这么觉得，但他现在确实不好过。我有时候担心他好像只惦记着

---

1 语出刘易斯·卡罗尔《爱丽丝梦游仙境》姊妹篇《爱丽丝穿镜奇幻记》第一章，里面收录了一首名为Jabberwocky的诗，其中有一句O frabjous day! Callooh! Callay!

这个，不过幸好他至少还有工作要忙。"

"是的，那倒是好的。"

"但是，假期就要到了。"

"那就别让他消停。带他去别的地方。"

"我们在找我没和别人干过那档子事的国家。"安突然苦楚地说。

杰克欲言又止，把话藏在了心底。他一直都喜欢安，即使是在——他现在终于知道——是在1973年的夏天，他俩因为他的任性、言行失检、脚踏两条船而闹掰的时候。他一直觉得她是个好女孩，虽然还不够活泼豁达，但绝对是个好女孩。他送她出去，伸出脸索吻。她凑了过来，有点犹豫。她的脸颊轻轻地蹭了蹭他的胡须，她退回去的时候，杰克微湿的嘴唇似乎碰到了她的耳朵。

芭芭拉穿着尼龙家居服坐在沙发上，呷着一杯茶，闲想着格雷厄姆。她觉得自己想得过于频繁了，他不值得她这么时常想起，起初对他的轻蔑如今已消失殆尽。即使是怨恨这种一般很持久的情绪，也再没有像一开始的那几年那样侵入她的心房。当然，这并不是说她已经完全原谅了格雷厄姆，或者喜欢他，就连"理解他"也没有——她那些较为柔弱或不太靠谱的朋友时不时地劝她"理解他"。有时候，这帮朋友壮着胆儿说，某种程度上她就是不走运，总有一些婚姻会出问题，但这不是谁的过错，这就是世道。而她会这样回应他们：

"我还在这儿，爱丽丝还在这儿，房子还在这儿，就连车也还在这儿，只有格雷厄姆跑了。"这一串铁铮铮的事实通常会误导这些人：

"所以你……呃，你也许可以让他回来，如果……如果……"

"当然不可能，完全没得谈。"她是认真的。

现在她想起格雷厄姆，脑海中就两幅画面。第一幅就是他们结婚八周年纪念日那晚做爱时，他骑在她身上的样子。在这样的夜晚，她总是允许格雷厄姆开灯。他跪伏在她身上，以一种更像是敷衍的方式慢慢直起身子（至少他自己挺满意的）。这时，她看到他在瞅她的乳房。当然，这本身没什么，这本就是她允许他开灯的原因之一，但就是他看的神情不对。她从他脸上看到的不完全是厌恶，也不是没有兴趣，而是更羞辱的神情：有那么一星半点的兴趣，含糊地萌生出来，但只有让人感到羞辱的那么一点。她以前见过那种表情。逛超市的顾客并不想买冰柜里的东西但仍然会快速地、仪式性地朝里面看一眼，脸上就是这种表情。

从此以后，到了他们的结婚纪念日，芭芭拉就规定，要么开着灯读书，要么关上灯做爱。她的意思是这两者对她来说都一样。在后来几年里，他们越来越多选择开灯看书。

另一幅画面中，格雷厄姆也是跪着的——这次是半歪着跪在楼梯上。几年前的事了？她记不得了。他的左膝跪得比右膝高一阶，屁股撅了出来。他右手拿着黄色塑料刷，左手端着配套的盘子，从下往上已经扫了三分之一了。他扫完一级台阶就扫上一级。他是在帮她的忙，因为那天他放假，而她感觉有点累。她抬头看看他撅出的屁股，看看那黄色的刷子煞有介事地扫着地毯，然后从旁经过去了起居室。几分钟之后，她又回来了。他只剩一级台阶了。他扫完最后一级，转过头，就像一个上学孩子期待有一颗金色的纸五角星贴在作业本页脚一样。

"如果你是从上往下扫的话，"她只说了句，"那所有的灰尘就都扫下来了。"天哪，他是个老师，是个学者，我是说，他应该是聪明的，对吧？

他还是半歪着身子，扭过头往后看，又是一个上学孩子的表情，好像在说我的裤子破了，那不是我的错，不是我的错，不要骂我。他看起来（她找了个游戏时的玩笑话来形容）太像棵草了。木偶戏《比尔和本，两个花盆仔》，她想道。两个花盆仔被线吊着磕磕碰碰做着笨拙的动作时，中间的是棵小草。"你好，小——草。"上学时，芭芭拉的朋友们总是这样互相打招呼。那个时候她差点就这样对格雷厄姆说道。

与此同时，格雷厄姆在家里，从冰箱里拿出一只鸡。他把鸡从塑料包装里倒出来，放到砧板上。然后他拎起鸡翅膀，猛烈摇动它。内脏从鸡腿中间的一个大窟窿里掉了出来。格雷厄姆喃喃自语：

"是只公的。"

他把内脏推到一边，开始剁鸡肉，用的是蛮力，没用脑子。他掰下一对鸡翅，然后扯着鸡腿让它们像螺旋桨一样转起来，突然一声脆响，鸡腿屈服了。他盯着其中一只鸡腿的皮看了一小会儿，坑坑洼洼，皱皱的，活像他的阴囊皮。

格雷厄姆从头顶的磁性置物架上拿了把切肉刀，一刀扎入鸡胸骨中。他又切了两三刀，鸡骨架认输了。他又剁了几下，个别骨头碎了，他敷衍地把碎骨挑出来。

他把剁好的大块鸡肉扔进炒锅里烤，然后又拿起那把剁肉刀，把装着内脏的塑料袋丢在砧板中心。他盯着这包东西看了大约一分钟，然后狠狠地剁了几刀，一刀接一刀，好像他得趁着这些内脏吓得逃走前解决它们。袋子破了，血溅到他的手腕上、砧板上、他系着的蓝条子塑料围裙上。他用刀背把内脏拽到了一块儿，又给了它们几快刀。他享受这份快感，简简单单的快感。他笑了。人人都说工作是悲伤最好的治愈剂，但这切鸡剁肉也很解气。

格雷厄姆又笑了。他想，邮寄用的大信封是不是有塑料衬垫。

安自然不会告诉格雷厄姆她去过雷普顿街了。第二天下午，杰克开门，发现格雷厄姆恶狠狠地低语道：

"我其实不在这儿——你不会告诉安的，对吧？"

他忍不住咧开嘴笑了。起先他们是开始重写历史，眼下这是在改写现在了。要是他们能掌控未来，他们就能让未来照自己的意思发展了。

"当然不会了，兄弟。"

"你没在忙吧？"

"没有，只是在润色一篇书评。进来吧。"

他们走进杰克乱糟糟的起居室。格雷厄姆坐在先前坐的那张椅子上，杰克用先前那只杯子给他泡咖啡，然后等着。格雷厄姆似乎还想来一个和上次一样的开场停顿。这次，杰克没有那么耐心了。

"你吃药了吗？"

"差不多。我是说你上次一共提了三条建议。我做了一件半。我没有去买新衣服，我觉得那没用。"（天哪，杰克想道，他竟然当真了。我们的格雷厄姆，不懂修辞啊。）"我想我是一直在喝酒的，所以只是继续这么做了，就算半件。"

杰克想不起来他还建议了别的什么，他只记得那天把他的第一次婚姻讲得太开了。

"我大量……大量……自慰了。"格雷厄姆说出这些词时显得很迂腐。

"你大量自慰了？好啊你。谁那么幸运呀？"

格雷厄姆无力地笑笑。杰克惊讶于人们对性交是多么看重，那两只睾丸给他们带来多少快乐啊。

"这又不是世界末日，得了吧。我是说，不管什么时候你做了这事，我都没注意到这整个世界的轴心已转。"

"我已经20年没有干这种事了。"

"天哪。真的吗？感觉怎么样？快告诉我，快告诉我，我做那事的时候总是记得一清二楚。"

"就是……"格雷厄姆顿了一顿。杰克开始皱眉蹙额。

"……很爽。""噗！"杰克的嘴发出短促有力的一声，如释重负地吁了口气。

"太对了。那干吗还绷着张脸？"

"哦，呃，其实有几件事。你知道吗？我是买了本杂志对着做的。"

"所以呢？大多数男人床底下都有个'图书馆'，想借几本吗？"

"呃，不用了，谢谢。"

"随时都可以哦。"

"还有，你看，我很享受，而且我是对着杂志做的，我没有觉得对不起安。"

"你又做了一次？"杰克感觉自己像个热心的神父，鼓励格雷厄姆将自己的所作所为和盘托出，不过他所说的行径是无罪的。

"哦，是的，其实是做了好几次。"

"你又找到自己的特长了吧，呃？对着一个铺满两页的尼康相机没有反应吧？"

格雷厄姆咧嘴一笑，承认自己早先有过障碍。

"不过你认为我应该觉得对不起安？"

"不。"

"你觉得我应该告诉她吗？"

"你还没有？"

"没有。"

"如果是我的话，就等她问了再说。我是说，男人都干这档子事——读读性学大师金赛的书。98%的男人在某个时候都干过，96%的人还在干，差不多就是那样，你知道我对数字不是很精通。但是，呃，只有2%的人婚后就歇手了。这是事实，格雷厄姆。"

这是不是事实，杰克不是很拿得准，但是对于格雷厄姆来说已经够好了。

"你觉得——我是说，你觉得剩下的那部分会、会有影响吗？"

有时候，格雷厄姆的问题总是不清不楚的。杰克希望他这位朋友的期末试卷不要出得那么含糊不清。

"不，绝对不会。一点都没有影响。这会让它很润滑。"

"那……"格雷厄姆又顿了顿，"那她们……能不能……"（格雷厄姆不喜欢像杰克那样用复数代词，但又不能忍受直说是安）"……分辨？我是指，分辨出你有没有一直在干这个？"

"不会，不会。除非她们那儿有个量杯或什么的。你知道——标刻度的阴部，我不觉得它会精确到立方毫米。"

"哦。"格雷厄姆放下咖啡杯，"另一件事，"他用指责的目光注视着对面的杰克，"就是这样做没用。"

"嗯？你刚刚说有用，不是吗？"

"不。它管用，它很管用。"（他认为"它"确实管用）"但做……对剩下的事一点作用都没有。我看了那个……我这周看三遍的电影中的一部。另外一部我也看了。我买了所有介绍上映电影的报纸。"

"你看啊，我没有说自慰可以让你不去看那些电影，是吧？"

"我以为你说了。"

"没有，我只说了，如果你为……什么事难受的话，那它充其量是一种安慰罢了。我不知道有什么能阻止你想去看那些电影。我是说，那是在你脑子里的东西，对吧？"

"你就不能对我的脑子做点什么吗？"这声恳求几乎是可怜巴巴的了。

"脑子，"杰克字正腔圆地说，"是脑子。"他在椅子里翻了翻，点了根烟。"一直在读库斯勒写的这本书。呃，刚开始读。"（杰克有本事在拥挤的地铁里朝陌生人的肩头瞥一眼人家在看的书，就有板有眼地讲起来。）"他说，或者至少他说其他研究人员说，原始时候的脑瓜完全不是我们想的那样。我们都相信自己的大脑是很了不起的。我们都认为这是我们身体中最了不得的部分——我是说，那是顺理成章的，对吧，所以我们才不像猴子或者外国人。计算机技术呀，IBM最新的设备呀，都是它发明出来的。难道不是这样吗？"

格雷厄姆点点头。如果他想过这一点的话，那一定是他一直笃信的。

"不是这样。绝对不是。很明显，那帮搞研究的浑球们，或者，不妨说，他们中的一些人说，只有一点点是那样的。可问题是，还有其他一层层呢，不同的颜色或是什么的，不要引用我的话。这些该死的小细胞中的一批数千年来疯了一样地成长，研究燃油喷射、拉链、出版商的合同之类的。它们都没问题，它们都是社会可接受的。但是，另一批，虽然它们也铆足了劲努力了千年想要改善自我——你知道的，就像其他细胞那样，每天早上做俯卧撑，在'肌肉海滩'锻炼——它们发现没用，一点用都没有。它们基因不好，或者是其他什么不好。它们已经达到最佳状态，它们得直面事实，事实就是它们挺窝囊的。这对它们来说也没什么——我是说，它们也没别处可去，是吧？它们周六晚上不去跳舞，对吧？它们就在这儿折腾我们，或者也可能不折腾我们。"

杰克顿了顿。他喜欢在讲故事的时候像这样停一停。这让他觉得自己不仅是个小说家，还是——那个词他经常读到但在介绍他的剪报中还是很罕见——一个天生讲故事的人。一位书评家曾这样形容他："读勒普顿的书，你可以对作者和他讲的故事深信不疑。"杰克送了那人一箱香槟。

"从你现在的情况来看，它们确实在闹腾。因为那一批，即第二批，它们才控制我们的情绪，迫使我们踢狗杀人，上别人的老婆，投票给托利党。"

格雷厄姆小心翼翼地看着他。

"所以这不是我们的错？"

"哦，我没这么说，老伙计。这话题我就不再继续讲下去了。我可以给你写本书，但如果你想要我说给你听——首先，你是付不起费用的。我只去学校做讲座，只拿外汇。"

"所以呢？"

"所以？"

"所以——你认为这是真的吗？"

"哦。呃。我不知道。不应该这样想。我是说，我只是觉得这是个有趣的理论。觉得这可能会让你好过一点。让你用另一种方式来想你的脑子：一层四眼佬，两层短腿佬。现在它们为什么不能凑到一块儿，你问道，为什么它们就不能在会议桌前坐下来，由某个大脑'吴丹[1]'来主持一下会议，把难处都解决了？为什么短腿佬总是要把四眼佬的成就都搞砸呢？嗯？我是说，你会想这些短腿佬应该明白低头对它们自己有好处，不要把事情搞砸……"

"你是怎么想的？"格雷厄姆真的想知道答案。

"呃。"杰克神采飞扬地打着联合国官腔，只留了小部分脑子思考那个问题。怎么回答才最好呢？什么才是格雷厄姆想听的呢？"我想，可能没有，这只是我的观点。"

1　吴丹（U Thant，1909—1974），缅甸外交家，第三任联合国秘书长。

他站了起来，走来走去假装在找烟，在椅子扶手上"找到"了他的烟，仿佛装了假腿似的转了一圈，放了个屁，低声道：

"杰克·勒普顿的响屁和智慧[1]。"

他咧嘴笑了笑。这个词，他是从脑袋中一个更小的空间里翻出来的，也许那里面都是短腿佬，但是说个双关语，你从不需要用全力。"我想，可能对小部分人来说是真的——我是说，小偷不是被认为身上的一个基因有毛病吗？有东西稍稍刺激一下他们的大脑，他们就突然又走到楼梯下，挖出条纹毛衣和标着'赃物'的麻袋。可能对罪犯来说是这样的。但是大多数人呢？大多数人并不杀人。我要说，大多数人是把短腿佬治得服服帖帖的。大多数人能控制自己的情绪，是吧？这也许不简单，但他们就是这么做的。我是说，他们把情绪控制得足够好了，不是吗？这就是全部，这就是我们正在讨论的事情。不用开始讲神经学，我也会说要么是那第二批的细胞知道怎么做才能享福，或者也许是那些长官真的知道如何才能对付这些短腿佬。"

"但是你会上，就像你说的，别人的老婆。"

"嗯？那个跟这个有什么关系？"

"你说这是脑子中没发育好的那部分会让你做的一件事情。所以，你一定被控制做过这种事。"

"在刚才那个情况下，我希望就这么说下去。那只是打个比

---

1 原文是"The Wind and Wisdom of Jack Lupton"。"wind"，风，在英文中也有屁的意思。

方，小子，打个比方。"

"上别人的妻子，怎么能打这样的比方呢？"

"你是说更像是口误？我同意。"

那个星期五，杰克回汉普郡的家，见到乡村和妻子他开心得不得了。他把车驶进车道时，矮脚鸡着急忙慌地散开，柔软的晚间空气中弥漫着的烟草植物的香味使他欣喜，这扇前门整个冬天都透风，但现在它的这种如画般的羸弱美倒是深得他心。他倒不会一生都醉心田园，他不过是每周过两天无忧无虑的田园生活罢了。

"我的宝贝儿哟。"苏从厨房出来迎他，他说道。他五天没见她了，喜欢去讨好她活泼、好动、爱尔兰人的一面。他庆幸自己有勇气娶了个有个性的女人。他的眼神自在地扫过她柔滑的轮廓、瘦削的脸容、深暗的肤色，仿佛是在宣示主权，对他的所见甚是满意。自在，一部分是因为没有什么特别愧疚的事，另一部分是因为今天是星期五，星期五是他最爱妻子的时候。

至于苏，周末一到她就开心了起来。他俩坐在餐桌旁，吃着牛排腰子布丁，从另一间屋子飘来木头的烟味。她讲劲爆的八卦给他听，他将伦敦的新闻告诉她。

"还有件事。你知道，我告诉过你几周前格雷厄姆去我那儿吧？"

"嗯。"

"他又来了。其实，亨德里克夫妇俩，格雷厄姆和安，都来过，分开来的。"杰克虽答应过不对别人提起他俩到访的事，但毫不犹豫地告诉了苏。毕竟，他的不靠谱是出了名的，没有人会期待他信守诺言。况且，他替别人保密也得不到赞扬，是吧？再说了，妻子不算"别人"，那是天经地义的，不是吗？

杰克说到安的名字时，苏的目光狠狠地射了过来，于是，他忙不迭地解释。

"格雷厄姆似乎还是放不下安的过去，我杰克就当个神父听他忏悔。"

"你一定乐在其中。"

"是有点儿。不过我可不羡慕那些神父，整天干这个。"

"他们就是从那本书里找到所有答案的，不是吗？就只是翻一翻那本古老的黑色的书，不管你有什么罪过，不要再做就是了。"

杰克咯咯地笑了起来，探身用濡湿的嘴唇在对坐妻子的太阳穴上亲了亲。他觉得她聪明，她觉得他柔情。

"那你给了什么建议？"

"呃，我想我是建议安带格雷厄姆去度个假。我给格雷厄姆提了很多建议，但好像他只听进去了自慰，又干起了那事。"

苏笑了。她对安从来都不怎么喜欢，总是觉得她有点太耀眼、有点太封闭，对一个人来说，犯的错误太少了。"耀眼的垃圾"，她曾经对杰克这样称呼安，不过那时也是情有可原的。至于格雷厄姆，他倒是挺好的，只不过有点……草包，真的。老是因为过去的事闷闷不乐，如果你真的喜欢在意的话，大多数人的现在就已经能让你夜不能寐，够你受的了。

"我觉得你还没获得所罗门徽章。"

杰克哈哈大笑起来，轻轻地擦去胡子上的肉汁。

"好笑的是，他俩先来了一个，来问我建议，坚持让我不要告诉对方。第二天，另一个也来了，一来就口口声声提出了完全相同的要求。"

"听起来像怀特霍尔滑稽戏[1]一样。你可不许这样哗啦哗啦地对我。"

"我记得第二次送走格雷厄姆，关上门，当时就想啊，"（接下来是个谎话，但是杰克心里满满的都是周五晚上的柔情了。）"我记得当时就想啊，我和苏也闹小别扭，我们也可能会有糟糕的日子，但是我们绝不会做那样的事。"他又探身亲了亲苏的头发。苏立马直起身子，开始收拾盘子。

"不，我觉得我们不会做这样的事。我们会找一个简单一点的法子来骗对方，对吧？"

真是我的宝贝儿，他看着她的背影想道。杰克跟着苏进了厨房，坚持要洗碗，说是换一换。他们早早地上了床，杰克，也为换一换，在浴室先梳了梳胡子。

他们做完爱，杰克挺警觉地仰卧在床上，而苏已枕着他的肩

1　怀特霍尔滑稽戏，在伦敦怀特霍尔剧院上演的一系列滑稽舞台剧。

沉沉睡去。他发现自己在想格雷厄姆,在想,为何他随口说了一句,那甚至只是句玩笑,就让格雷厄姆隔了20年重新开始自慰。20年!杰克挺嫉妒他的,嫉妒他能感受到这种破戒的快感。

　　随后一周,某个下午,安在工作,格雷厄姆坐在书房里往大信封上贴地址。地址他已经用系办公室的打字机打好了,把标签贴上去的时候,信封的塑料内衬噼里啪啦地响着。他照着从《聚光灯》艺人资源公司那儿抄来的信息又检查了一遍那些男演员的地址(大部分是由经纪人转交,但是他相信最后会到演员手上的),然后拿上订书机,下楼去了厨房。

　　肉铺老板对他的订单很是惊讶。亨德里克先生要么是最近过得不好,要么是买了条很贵的狗。他没问,他卖给那些惹人烦的退休老人和有钱的养狗人的都是一样的肉,已经厌了。

　　格雷厄姆拿出了家里最大的砧板。首先,他剥了血肠的肠衣,把里面的东西挤出来,然后把这一个个软软的、湿湿的脑子放进去,慢慢地把它们揉捏进血肠里。乳状粉色的组织在他的指间吧唧作响,他发现自己想起了杰克的话。但是,杰克的理论对动物的脑子也适用吗?这团东西有一部分是史前就停止发育了的,另一部分是发育更加完全的?他盯着它看了一会儿,看起来每一处的稠密度和结构都是相同的。也许颜色浅一点的是四眼佬,深一点的是短腿佬。不过,不打紧。然后,他把发胀的、有小疙瘩的牛舌切碎,混入其中。这混合物看来恶心得很,像神的呕吐物，也不太好闻。格雷厄姆洗了洗手，用勺子把混合物舀进大信封里，每只舀四分之一，做这事时他一直在对自己笑。他又洗了洗手，然后拿订书机把大信封订起来。他看了看表：去趟邮局时间绰绰有余。

第六章

洗车女郎的丈夫

正是在那时候，戏人的梦开始了。这些梦如此强劲、激昂，如此傲慢不恭，肆无忌惮地跨越了意识的藩篱。

　　第一个梦是在他到国家电影院去查他老婆是否与巴克·斯凯尔顿有染的当晚做的。巴克是美国的二线影星，他身材矮胖，戴一顶牛仔帽，曾在一名平庸制片人的一时兴起下从亚利桑纳乘船去伦敦饰演一位临时警察局长，他是被意外派往伦敦警察厅的。《响尾蛇与红宝石》是一部喜剧惊悚片，它正在一档名为《流派的冲突》的季度节目里复播，其中有简短的一幕，安在里面扮演一家名流博彩俱乐部的衣帽间伺女，她与巴克欢谑逗乐，打情骂俏。这个巴克有着与生俱来的凛然气度，似乎在这场世故又堕落的聚会中穿梭周旋，收放自如。

　　"来这儿奏（就）是为了弄个明白。"巴克用颇为信任的语气开场，"这种场合下必须坦诚点嘛。"他躺在私人泳池边的沙滩椅上，而皮肤白得离谱的格雷厄姆别扭地蹲坐在巴克身旁的擦鞋凳上。一杯冰镇果汁朗姆酒在巴克的手肘边泛着泡沫，在他身后，一位女郎的裸臀突然像海豚一样打破了平静的水面，摇摆了两下，然后又消失不见。阳光透过波光粼粼的水面，映入格雷厄姆的眼眸。巴克戴着一副随天色明暗自动调节度数的有色墨镜，格雷厄姆刚好可以看到他的眼睛。

"呃，我让你过来的原因，"西部牛仔的声音飘来，"只似（是）为了让你明白实情，就如制片人说的那样，他边说边抓小女星的胸，呵呵。只似（是）想让你知道你的宝贝老婆与我巴克之间到底发生过什么。知道他们为什么叫我巴克吗？我介（觉）得你猜得到。

"呃，《响尾蛇》已沦为彻头彻尾的烂片，"巴克用糖果条纹管吸了口朗姆酒，"彻头彻尾的烂片。我们有个嗑药的导演，一帮男同性恋编剧，每天跟你们的演员联盟闹翻一次。当然啦，我绝对不会跟他们同流合污。我是个专业演员，这就是为什么直到现在我还在工作，也是为什么我一直都会有工作。格雷厄姆，我告诉你，这里的规矩很简单。第一，经纪人给你什么就要什么。第二，尽你最大能耐念好台词，绝不亵渎剧本，哪怕它们是由一帮牛逼哄哄的蠢货检察官所写。第三，绝不在片场酗酒。还有第四，不要还不知道影片什么时候杀青就跟女主角乱搞。"巴克摘下墨镜，盯着格雷厄姆看了一会儿，随即又戴上。

"呃，正是第四条规矩才让我搭上了你老婆。那时的演艺剧组一片混乱，而且，说实话，我他妈的根本不在乎他们安排来做我女搭档的那个懒蛋，我们只似（是）不知道还要傻坐在那儿等多久'女王'才会经过，没有不敬的意思。心情好的时候，我通常很绅士的，可是遇到我脾气急躁的时候，我只会更有男人味，迫不及待地想把那老响尾蛇弄进某人的红宝石里，听上去倒是个蛮好的主意。"

格雷厄姆郁郁寡欢地盯着巴克，望着他鼻梁骨微微隆起的鼻子，他那如牛血般棕褐色的皮肤，还有敞开的衬衫分叉处的一缕毛发，有那么一两根似乎快要变白，但这只让格雷厄姆觉得巴克更加吓人了：巴克在为自己的雄性荷尔蒙中傲慢地增添几分成熟与睿智。

"呃，我一见到你的小安妮就知道她一定会一炮走红。'安妮，'我对她说，'你放聪明点，说不定会让你尝尝我的长枪。'哈哈。一开始一定要来点这样的荤段子，让她们去琢磨接下来会发生什么。让她们翻来覆去想个几天，然后她们就会像只小——兔、兔、子那样乖乖落入你的掌心。这就是我老巴克的把妹法门，可灵了。

"哎，稀客。"巴克突然一本正经起来，一副拒人于千里之外的样子，"呃，我只似（是）让她纠结了一两天——这是老套路了，就等着雪利酒自己在酒桶里发酵。她径直走到我面前，说：'给你的长枪找个皮套怎么样，牛仔？'这儿的妞就这个德行，巴克，我对自己说。

"稀客，那会儿我已经结识了几位活力满满的妞儿，但这个小安妮……在回酒店的电梯里她就急不可耐地要扒我的衣服。后来她真的脱了个精光，打我，咬我，挠我——我甚至不得不遏制她。剧组当时想拍一组浴池的镜头还是怎么来着，我奏（就）不得不使劲将她的指甲掰离我的后背。在她手松开的那一刻，我甩了她一记耳光，但这好像恰恰助长了她的狂野，我本就该意识到这点啊，于是我奏（就）伸手摸到自己的裤子，抽出我的蜥皮腰带，绑住她的手腕，避免弄伤她。

"打那以后，我们每次做爱的时候她都会让我绑住她的手腕，好像这样更能让她兴奋。不过，也没别的更多的花样。她的表现真的劲爆嘞，稀客，跟她相比，九级飓风也不过是一阵微风罢了。

"但是，她最喜欢让我做的——当然是在我将她绑起之后——去舔她的屁股。你对她做过这个吗，稀客？她让你那样做过吗，稀客？我就直接趴下开始品味。我的意思是，打个比方，对我来说，那就好像是在打包午餐的柜台前一样。然后我又稍稍下滑一点，我可以感受到她触电般的颤动。我开始品尝更多，然后又滑回原处。我舔咬着，舌头快速地打圈，待她完全兴奋起来时，好戏才刚刚开始，此刻，她沉迷期间，浑身都是涔涔汗水。我从未失手。砰！就像个捕鼠器。她过去常说，现在她终于体会到牛仔的滋味了。

"她也让你这样做过吗？"巴克越发话中带刺，"我的意思是，我敢打赌你这样那样地经常在意她的屁股，可是你真的实打实地吗，稀客？或者说小安妮只让别人亲热吗？你并不知道，对

108

不对？这奏（就）是你们这些男同性恋的问题了。你们自以为很懂妞儿，我就从未碰到过一个渴望被理解的妞儿——至少在做爱的时候可没想过。不过，你就继续去理解她们吧，我呢，继续干她们。"

巴克身后的泳池里，又一个亮晃晃的屁股跃出水面。这一次，它在那儿停留了几秒钟，格雷厄姆直勾勾地盯着那臀部湿漉漉地分成两片。格雷厄姆蹲坐在擦鞋凳上望向巴克，看到巴克伸出舌尖，一圈又一圈地舔着双唇。格雷厄姆扑向巴克，但巴克这小子屁股一转，格雷厄姆就扑了个空。格雷厄姆东倒西歪之时，一只马靴砸中他的大腿，他一个趔趄摔进了泳池。尽管他平时是游泳健将，但这池中的水却格外黏稠，他只能缓慢前行。几分钟后，他终于双手抓住了泳池边缘。正当他准备爬上岸的时候，一个影子掠过他的脸庞，一只靴子狠狠地砸在他右手的指尖上。

"我说，稀客，"巴克朝他吐了口唾沫，"你还在我的地盘优哉游哉？还以为几天前你就被赶走了。当我叫你滚蛋的时候，我是真的要你滚蛋。"说罢，巴克拿起那杯朗姆酒，将乳状泡沫泼洒在格雷厄姆的脸上。

格雷厄姆在黑暗中醒来。他的右手指尖夹在了床褥与床板之间。他流了很多口水在枕头上，脸上湿湿的全是自己的唾沫，睡衣紧紧缠绕在腿上，他发现自己竟然兴奋了。

他想，安是绝不可能做那种事的，肯定不会与巴克那样又矮又胖的伪牛仔搞在一起。可是，你又怎能知道你的妻子在爱上你之前又爱慕过谁呢？首先，女人往往会出于某些奇怪的缘由而屈服，譬如怜悯、礼节、寂寞，以及对第三者的愤怒，还有——去他妈的——纯粹的性快感。格雷厄姆有时希望自己出于不同的理由而屈服一次。

第二天，当他的大脑在正儿八经地思考博纳·劳[1]、卡森和阿尔斯特志愿军[2]时，他又想到了巴克的问题。梦不可能是真实的，对吧，所以它们才叫做梦嘛。按说这世界有预兆性的梦——当智者预见到洪水时，就会把他的部落转移至高地。在他的文明体系中，难道在求职面试前你就不会做梦来警告自己别犯错吗？那么，为什么就不可以做后知后觉的梦呢？可以说，这是一个貌似有理的观念。他可以在潜意识中很容易地捕捉到安的一些信息，然后大脑就会在他睡眠时巧妙地决定把消息告诉他。

当然，格雷厄姆梦里的巴克与《响尾蛇和红宝石》里的巴克是完全不同的两个人。在梦里，巴克是个恃强凌弱的粗鄙之人，但在电影里，他是个草原上的谦谦君子。不论是哪种形象，格雷厄姆都希望安不会被迷住。但随后他又想，其实这两副形象都是虚假的。现实中的巴克·斯凯尔顿究竟是一个怎样的人呢（他的真实姓名又是什么）？也许正是现实的巴克迷恋着安吧。

格雷厄姆踌躇了，他的大脑不知不觉地做起了复仇梦。首先，他将巴克溺死在满是果汁朗姆酒的池子里：巴克衰竭的肺里

1　博纳·劳（Bonar Law），英国保守党人，1922—1923年任英国首相。
2　北爱尔兰一支准军事力量，成立于1966年。

鼓出来的最后一个泡泡在布满口水的泳池表面消失得无影无踪。然后他又收买了个人，叫他把一条响尾蛇放在巴克骑马必经的一条路上，路旁有一株巨大的仙人掌。马吓得扬起前腿直立起来，把巴克甩了下去，巴克下意识地去抓仙人掌，两根硬如钢针的刺戳破他的皮裤，就像穿过鸡尾酒香肠一样钉进他的睾丸。

不过，最精彩的复仇在最后面。如果这世界有一件事是格雷厄姆所痛恨的，那就是巴克戴墨镜的样子。他不喜欢戴墨镜显摆的人。而且，他也很讨厌墨镜本身。他不赞成没有生命的东西拥有独立的生命，并且在人、动物和植物之后想在这个世界上创造第四大物种，这使他极其不安，甚至受到了威胁。

他曾经在一个汽车专栏里看过一篇报道，警告司机们在过隧道时不能戴墨镜，因为光线的转换非常突然，墨镜需要好几秒钟才能完全适应这一变化。格雷厄姆确信巴克并不常读汽车杂志，所以当他沿着海岸公路朝北驶出洛杉矶的时候肯定对这一危险毫无准备。黄昏前就可赶到旧金山，巴克这样答应那个在他的老爷车前座腿分很开的骚货。收音机放的是巴克最喜爱的蓝草音乐台，车后座放着一打库尔啤酒。

向北驶过大瑟尔，他们到了一个天然岩石隧道。巴克减速了几秒钟，待他的变色墨镜慢慢变淡后，他又开始加速。出了隧道后，就是一片明媚阳光，这时巴克的车速是每小时60英里。格雷厄姆倒是希望巴克有时间来嘟囔一句口头禅："他妈的这里出什么事了？"不过这倒是无关紧要，离隧道口十码远处，这辆老爷车就猛地撞上了重达32吨的推土机的基部铲斗。而格雷厄姆穿着一条油腻腻的工装裤，戴着一顶亮黄色安全帽，正坐在操作台上。一股烈焰从推土机铲斗顶端边缘升腾而起，紧接着巴克的身体被高高甩过格雷厄姆的车舱上空。格雷厄姆环顾四周，把推土机挂上后挡，然后驾着它慢慢轧过毫无生命气息的尸体，他要碾碎他的骨头，要把他的血肉碾得像酥饼一样薄。他重新挂回前挡，把老爷车的残骸推出路边，听到它砰的一声翻进太平洋。越过肩膀，他最后瞥了一眼路上血肉模糊的猩红色薄饼人，然后就吭吭吭地开回隧道。

"我能不能再向你打听个人儿？"第二天晚上他们躺在床上的时候，格雷厄姆说道。

"当然。"安打起精神。她希望这次的问题能比上次，以及上上次都好点儿。

"巴克·斯凯尔顿。"

"巴克·斯凯尔顿？天哪，你又去看什么电影了？我都不记得跟他搭过戏了。"

"《响尾蛇和红宝石》，这部也糟透了。你扮演一位衣帽间女郎，接过男主角的牛仔帽，说：'我的天，我们这里通常没有这么大的。'"

"我那样说了吗？"安来了兴致，也算是松了口气。但她也同样为这无端指责感到无比愤怒。如果他认为我和斯凯尔顿上过床，那还有谁他不会怀疑？这一次，安决定等格雷厄姆自己消除心中的疑虑。

"恐怕是的，"格雷厄姆答道，"你说的每个字都很认真。"

"那他是怎么回答的？"

"记不得了，一些无稽之谈吧，说什么他们在亚利桑纳吃的红肉可以使身体的每个部位变大之类的话吧。"

"那我是怎么说的？"

"你什么也没说。你只有刚才那一句台词。你只是一脸恍惚。"

"是的，我记得我常常必须那么做。摆出一副傻傻的让人怜惜动情的模样。"安感觉格雷厄姆听到这句话时很紧张，"我的做法是全神贯注于我最近吃的一顿美味大餐上，这样我就会眼神迷离。"

"所以呢？"

安旁边的身体又一次紧张起来。

"所以？"

"那你有跟他上过床吗？"

"我有没有跟巴克睡过？格雷厄姆，加贝·海斯[1]更有机会。"

格雷厄姆转身面向安，把脸紧贴在她的上臂，手伸过去，放

1　加贝·海斯（Gabby Hayes，1885—1969），美国演员，以常在西部片中扮演主角而闻名。

在她的小肚子上。

"不过，我的确让他亲过一次。"

他的暗示是那么荒唐，以至于安觉得有必要完全坦白作为回报。她感觉到格雷厄姆放在她腹上的手僵住了，她知道他仍在等待。

"吻在脸上。他与每个人吻别——对，每个女孩子。愿意让他吻的，就吻在嘴唇上，不愿意的，就吻在脸上。"

黑暗中，格雷厄姆嘟囔了两声，然后发出胜利者洋洋自得的窃笑。大约三分钟后，他开始跟安做爱。他完全投入，激情澎湃，安却心神不宁。她在想，如果我真的与斯凯尔顿上了床，格雷厄姆现在就不会跟我做爱了。过去与现在纠缠在一起，那是多么诡异啊。如果多年前她在参演《响尾蛇和红宝石》时有人对她说："让那个牛仔上了你吧，很多年以后你就会给自己以及一个你甚至不认识的男人一两个痛苦的夜晚。"那会怎么样呢？如果真的有人这样说，又会如何呢？安很有可能会回答：去他妈的未来。去，他妈的，未来。少跟我啰唆。如果你事先来了，又没跟我做爱，就会带来大麻烦。然后，为了证明这一点，她也许会径直走过去，朝这牛仔嫣然一笑，尽管他是那么胖乎乎、那么自负。

格雷厄姆越来越兴奋，将安的两腿分得更开，一只手滑至她的肩下。当安提到颊吻时，他甚至一阵紧张。如果斯凯尔顿很多年前吻的是她的嘴唇，那这是否足以阻止今晚格雷厄姆与她做爱？将这两件事等同起来显得很奇怪。为什么会有这么多难以揣测的纠葛？假如你能提前猜测到又会怎样呢？生活的阴暗与龌龊会因此离你而去吗？抑或别有他途？

格雷厄姆将自己的高潮稍微延后，默默地邀她一起进入高潮。但她了无兴致，只是有节奏地推动他的臀部作为回应。当他到达高潮时，她像平常一样既心怀怜悯又有些许兴奋，只是多了份距离感。

同一天晚上，格雷厄姆做了一个"洗车梦"。

梦里的主角拉里·皮特曾和安一起出演一部讲述街头黑帮的电影《喧嚣》，并在影片中和安发生了婚外情。过去几个月里，格雷厄姆在影院看了两遍这部电影，一次是在里茨影院，另一次是在罗姆福德镇。安饰演的"第三位黑帮女郎"数次出现在一些企图渲染气氛却适得其反的电影场景里，比如黑帮成员昂首阔步、大摇大摆地走在前面，他们的情妇则一脸谄媚地跟在后面。拉里·皮特在其中饰演一名警探，因为没办法让嫌疑人屈打成招，而选择在床上威逼安告发她的同伙。

在梦里，皮特坐在桌子后面抽烟，仍旧穿着电影中那件被奶油弄脏的巴宝莉大衣。

"哎呀，哎呀，"皮特似是好奇地开口，语气满是轻蔑，"看看这只小野猫带了谁回来。来吧，伙计们！"皮特毫不搭理坐在嫌疑人位子上的格雷厄姆，继续大声招呼道，"喂，伙计们，过来看哪！"

门开了，三个年轻人走了进来。每个人看上去都肮脏不堪、不怀好意，但又不尽相同。其中一人个子较高，油腻腻的头发散乱着，脸上长满粉刺；一人体型偏胖，看上去很粗鲁，穿着布满污渍的连体工作服；另一个较为瘦弱，面无表情，胡茬稀稀疏疏，像刚长出来两天似的，整个人像是一幅拼凑而成的通缉犯头像。他们三人应该都蹲过监狱，但皮特很欢迎他们的到来。

"快看，小伙子们，看看谁来了。这位就是'洗车女郎'的丈夫。"

三个年轻人在桌子对面围着皮特窃笑不已。

"我觉得我需要解释一下，"皮特说道，"兜圈子没有意义，对吧？"格雷厄姆倒恨不得他们多兜些圈子。"事情是这样的，格雷厄姆——我想你不介意我叫你格雷厄姆吧——我敢说你已经从你妻子那儿听说过我。如果我说错了，你大可纠正。"

格雷厄姆没有说话。

"想必她已经告诉了你我们之间的一些事，一些工作以外的风流韵事。夫妻之间能有一丝坦诚，这很不错。我总是这么说，我相信你的婚姻一定让你的朋友心生嫉妒，格雷厄姆。"

皮特露出了一个皮笑肉不笑的笑容，格雷厄姆仍然一言不发。

"当然，夫妻之间有时也会太过坦诚相待，对吗？我是说，让丈夫对你有一个好印象重要，还是原原本本地告诉他一切更重要，格雷厄姆？很难选，对吧？

"但不管怎么说，我相信当时安一定做了正确的选择。那就是告诉你我的存在，却隐瞒了为什么我们叫她'洗车女郎'。"

那三个恶棍又窃笑不止。"如果你觉得无聊了，可以随时打断我，格雷厄姆，但是你看，安喜欢的不仅是我，而是我们所有人。她喜欢我们所有人同时对她做不同的事情。我不会告诉你细节的，那太过残忍，我就让你自行想象吧。但当她第一次让我们同时对她做不同的事情时，我们争相拥到了她身上，疯狂地舔吻她。她说，那种感受就像清洗汽车一样，所以我们称她为'洗车女郎'。我们曾窃笑着讨论当她遇到自己的真命天子时——我们称之为'洗车女郎的丈夫'——会发生些什么。我指的是，安说得很明白，她觉得人越多越开心。所以我们就在想，她的丈夫将如何应对呢？当然，除非对你而言，有些事比表面呈现的更重要。"皮特说完，咧嘴一笑。

"但是无论如何，"皮特用一种长辈的口吻继续说道，"女人善变，女人善变啊，不是吗？说不定她日后会喜欢一个一个来。到那时你就不会对自己没信心了，对吗？你就不会觉得，无论你多么好，安都会梦想要更多的激情。这谁都说不准，说不定就发生了。归根结底，我想说的是，看在你是'洗车女郎的丈夫'的份上，我们几个都祝你一切顺利。衷心地。既然你已经抽了一副烂牌，我们就只能祝愿你尽量打一手好牌了。"

说完，四个男人都探过桌子，握了握格雷厄姆的手。一想到这些手掌曾经抚摸过安的裸体，格雷厄姆就很想避开它们，但他无处可退。这帮家伙看上去对他充满同情，其中一个甚至还朝他眨了眨眼。

如果这一切是真的怎么办？格雷厄姆从恐慌中醒来，全身肌肉不由得绷紧。万一是真的呢？不，不可能。他太了解安了。他们甚至——半遮半掩地——讨论过性幻想，而安对那方面只字未提。但如果安真的做过，自然就称不上"幻想"了，对吧？不，不可能是真的，但它是不是预示了一部分真相呢？他自认能满足安的一切需求吗？他没有底。好吧，要不今晚试试？今晚的时间都是你的。当然可以，但是好像没有规定每次做爱两个人都必须达到高潮吧，有吗？当然没有，但安似乎确实没有被你的爱抚征服，是吧？是的，不过这也没关系。也许那没关系，你们可能已经讨论过，并一致认为那没关系。然而性不是靠讨论的，不是吗？性爱里，难以言说的才是王道，疯狂和惊喜支配一切。你开出的狂喜支票是在绝望银行提取现金的。

　　就在这样无休止的自我斗争中，格雷厄姆又渐渐睡着了。

　　但正如他猜想的那样，拉里·皮特并没有因梦醒而消失。相反，他一直盘踞在格雷厄姆脑海的一隅。平日里无精打采地倚在灯柱旁，身影若隐若现，抽着烟打发时间，但只要他想，随时都可以四处溜达，让格雷厄姆出糗犯错。

　　那天早上，格雷厄姆决定开车上班。他只需要上两个小时的课，大可以把车停在计时收费的停车处。而他一开上路，雨点就开始渐渐沥沥地打在挡风玻璃上。格雷厄姆启动了雨刮器和清洗喷头，又打开了车载电台，令人心情舒畅的音乐便从电台里流淌出来，听上去像是罗西尼的弦乐奏鸣曲。格雷厄姆的心里涌起一股感恩之情，为能生活在这个美好时代而激动不已。便捷出游、遮风挡雨、一键服务，格雷厄姆突然觉得，这些恩赐仿佛都是刚刚从天而降的，仿佛昨天，他还是博士山地区一个生吃浆果的可怜人，哪怕面对山羊的温柔叫唤还须寻地躲避。

他开车经过马路对面的一个汽车修理厂：

四星

三星

二星

柴油

纸牌

厕所

洗车

美好的一天顿时荡然无存。仿佛是脑海中的拉里·皮特从小巷中悄然走了出来，狡猾地拿走了一个窨井盖。格雷厄姆高昂着头，吹着口哨，只顾沐浴着阳光，却径直掉入了窨井内。

罗西尼的奏鸣曲还在继续，格雷厄姆却满脑子只剩下安躺在床上，挑逗着四个男人。他们站成一排，找好角度，每个人都在安身上舔吻出一条长带，就像四台马达割草机在她身上碾过一样。格雷厄姆拼命摇头想甩掉这幅画面，专心开车，但这幅渐渐模糊的画面挥之不去，始终在后视镜的一角嘲笑着他。

格雷厄姆发现自己不自觉地在路上寻找修车处。每看到一处，他都会本能地扫一眼标牌，看看有没有写着"洗车"两字。大多数情况下，格雷厄姆都没有发现，这也让他有所振奋，仿佛这证明了他对妻子婚外情的猜测是空穴来风。可他经过的第八家还是第九家修理厂却傲慢地竖着个指示牌，后视镜中的画面也越发清晰。这下格雷厄姆看见他的妻子在挑逗那四个家伙随心所欲地享受她，三个人与她在床上纠缠，而第四个人却像个精神错乱的好色之徒一样，蹲在墙角自慰。格雷厄姆不得不强迫自己把注意力回到开车上。雨渐渐小了，雨刮器每刮一下，都像是把它们自身的灰尘又重新扫到了挡风玻璃上。格雷厄姆几乎是本能地伸手打开了挡风玻璃的清洗液喷头，一股满是泡泡的非透明液体喷在了他面前的玻璃上。他早应该知道的，镜中那个好色之徒正嗨得起劲。

　　在第一节课上，格雷厄姆花了二十分钟审视他的男学生，想象着他们中是否有人想要在电影里和安通奸。这念头让他自己都感到可笑，继而回过神来阐释对贝尔福[1]的试探性修正主义的观点。几小时后，格雷厄姆从教室出来，走向他的车子，一路上死死盯着引擎盖上挡风玻璃清洗的喷嘴，仿佛它们就是通奸的工具。悲伤悄然袭上他的心头，让他身心俱疲。他买了一份《标准

1　贝尔福（Arthur Balfour，1848—1930），1902—1905年任英国首相，一战中任海军大臣和外交大臣，1917年11月2日颁布了《贝尔福宣言》，提出在巴勒斯坦建立一个犹太家园的计划。

晚报》的赛马版以浏览电影资讯，或许他应该换换口味，看一部他妻子没有参演的电影。那么看新上映的扬索[1]的电影如何？或者是关于星际大战的电影？还是看讲述搭车去雷克瑟姆的英国公路电影？无论看哪一部，片中都不会有他的妻子。

安参演的电影一部都没有上映，一部都没有。格雷厄姆觉得好像是对他影响至深的一部分社会服务突然不再提供了。他们有意识到这样做的影响吗？今天，他不能去伦敦或近郊的任何一家影院看他妻子在电影里通奸了，他也无法亲眼目睹，妻子在电影中保持贞洁但在私下里与男演员通奸的场面。他意识到，这两个类别在他脑海中渐渐模糊起来，混为一谈了。

这样一来，他能赶上的新电影只剩下了另外两类：和安仅在电影里通奸的演员主演的电影，以及和安仅在私下里通奸的演员主演的电影。他又浏览了一遍《标准晚报》。这次他有了两个选项：一是在马斯韦尔山上映的《施虐狂》，主演里克·费特曼和安在影片中发生了性关系；二是拉里·皮特翻拍的《沉眠之虎》……格雷厄姆猛然意识到，他居然记不清安是否真的与皮特有了一腿。在电影里，这一点毋庸置疑，这也是让格雷厄姆妒火中烧的原因，为此他甚至在前两天跑到里茨影院和罗姆福特镇去看这部电影。但在银幕下呢？他记得自己曾在几个月前问过安，但就是想不起来答案。这一点让他觉得很是奇怪。

---

1 扬索（Miklós Jancsó，1921—2014），匈牙利导演，代表作《围捕》《红军与白军》《红色赞歌》。

或许《沉眠之虎》能帮他找到答案。格雷厄姆怀着难以抑制的好奇心，驾车前往瑞士小屋。在这部翻拍片中，皮特饰演一名精神病学家。他带了一位绿头发的年轻女孩回家，让她用家务劳动来换取食宿。但她引诱了他的妻子，试图诱奸他年仅十岁的儿子，用剃须刀一把切开了猫的喉咙，最后还出人意料地回家和自己的妈妈共同生活。精神病学家发现自己是个同性恋，他的妻子也精神崩溃了。在经历了这些难以承受的痛苦过后，一些真相慢慢浮现出来。执导影片的年轻英国导演精心拍摄了几个扶手和楼梯的镜头，以表达他对于一位笔名为洛西的早期作家的敬意。皮特曾企图挑逗他的研究对象，但让格雷厄姆高兴的是，皮特的睾丸被狠狠地踢了一脚。

　　走出影院的格雷厄姆仍和进去时一样兴奋，他仍不知道安究竟有没有和皮特私通过，这让他感到活蹦乱跳。在开车回家的路上，几种谋杀皮特的方法从他的脑海中掠过，但他都把它们当作漫无边际的幻想而打发了。他现在想做的事情比这些要重要得多、实在得多。

　　到家后，格雷厄姆小心地切好牛排，把蒜片塞入切口中，随后摆好餐具，最后还布置了烛台。他甚至拿出很少用的冰桶，在其中放了些碎冰，用来冰镇安喝的杜松子酒和补药。格雷厄姆正吹着口哨，安就打开前门回家了。当她走到餐厅时，格雷厄姆不容分说地吻了一下她的唇瓣，并递给了她一杯酒和一碗已经剥好的开心果。这在近几周来还是第一次。

"发生什么事了？"

"没，没什么。"但格雷厄姆看上去还是有点鬼鬼祟祟。或许是他工作上遇到了什么好事，或许是爱丽丝在学校里表现优秀，要不然就是毫无缘由的开心。整个晚餐期间，格雷厄姆都兴致高涨。在喝完咖啡后，他才终于开口说道：

"今天的事从未发生过。"听上去，他仿佛是在慢慢拆开一份为安准备的礼物，"从未发生过。它极富启发性。"格雷厄姆温柔地朝安一笑，令人有点摸不着头脑。"我忘记了你是否之前和皮特上过床。"格雷厄姆看着安，等待着她的点头。

"你想说什么？"安有点恐惧，觉得自己的胃突然一紧。

"我想说的是，这种事从未发生过。我一直记着……记着所有人。所有你……鬼混过的人。"格雷厄姆特地挑了这个字眼，"不管是银幕上还是私下里。哪怕是像巴克·斯克尔顿这种你完全没有发生过关系的人，我都记得。在任何一刻，只要有人拦住问我，'给我列一张所有你老婆鬼混过的人的名单'，我都能列出来。真的，我列得出来。列完之后，我还会说：'我还能列更多，只不过是其他类别的。'因为我能记住所有人，所有人。有一次我还发现我下意识地给一个叫'克里根'的学生打了高分，因为吉姆·克里根在电影《镇里的便宜去处》中从未和你调情。"

安挤出一个勉强的微笑，等着他讲下去。

"所以，这件事意味着，我开始忘记一些事情了。"

"这的确有可能。"但安发现，格雷厄姆看上去并不是舒了一口气，而是更兴奋了。

"来，让我们继续。"

"继续什么？"

"考验我。"

"考验你？"

"嗯。看看我还记得多少。你就问'我有没有搞过某某人'这样的问题，或者是'在什么电影中，我同谁饰演的男二号在影片中搞过但在私下里没有'。来吧，这游戏听上去就很有趣。"

"你喝醉了吧？"或许在她到家之前，格雷厄姆已经喝了几杯了。

"才没有，我清醒得很。"的确，他看上去又高兴又振奋，一点不像喝醉的样子。

"那我只想说，这是我听过的最令人作呕的提议了。"

"别这样，来吧。讲点交情，做个游戏。[1]"

"看样子你是认真的了，是吧？"

"当然，我对玩游戏一向很认真。"

安轻声道："我觉得你疯了。"

格雷厄姆却一点都不生气。

"不，我没有疯。我只是觉得这很有意思。我是说，当我今

1　Homo Ludens, etcetera. 原文《游戏的人》（*Homo Ludens*）是荷兰学者约翰·赫依津哈的一部名著，是西方休闲学研究的重要参考书目。

天发现我记不住了的时候，我感到非常惊讶，于是我去看了《沉眠之虎》。"

"那是什么？"

"你在说什么？那可是拉里·皮特演的倒数第二部电影。"

"为什么我要对拉里·皮特的电影感兴趣？"

"因为他没有，当然也可能，和你上过床。《喧嚣》中自然是上过床的，但是私下里嘛，这就是我们要谈的了。"

"你特地去看了一部皮特演的电影？"安十分震惊，甚至觉得有些悚然，"为什么？"

"《沉眠之虎》。我想看看它是不是能唤起我的记忆。"

"这样啊，当地看的吧？"

"瑞士小屋。"

"格雷厄姆，那可远在数英里之外！你就为了看一部皮特演的破烂电影跑那儿去，你绝对是疯了！"

格雷厄姆仍然不肯罢休。他直勾勾地盯着妻子。

"等等，等一下。问题是，我看完了整场电影，但直到最后还是一点都想不起来。每次银幕上出现他的脸时，我都会盯着他看，但我就是想不起我有没有想过要杀了他。这实在是太奇怪了。"

"我想如果这能让你好受点儿，那这就是个开始。"格雷厄姆停顿了一下，又缓缓说道。

"我不知道你在说什么。"安越来越迷茫。

"不，我不该说'好受点儿'。我的意思是'有所不同'。你看，这是一个新的转折。我只是在想，如果我的大脑要忘掉其中一个人，为什么会是拉里·皮特？他有什么与众不同的吗？"

"格雷厄姆，我现在很为你担心。我之前一直都能理解你。但是现在，我理解不了。之前我们谈论我的一个个前男友时，你都会很沮丧，而这也让我很难过。但现在似乎……似乎他们让你很兴奋。"

"只有皮特是这样。我之前好像从来都不知道你们的关系。真的，这似乎是我第一次想弄明白你们之前有没有上过床。"

"你是认真的，很认真的，对不对？"

格雷厄姆身子探过餐桌，温柔地抓住安的手腕。"有没有？"他轻声问道，仿佛声音稍重一些就会影响安的答案，"有没有？"

安抽回她的手臂。她从来没有想过格雷厄姆有一天会让她觉得厌恶，又有些怜悯。

"你觉得我不会告诉你的，对吗？至少现在不会？"她也同样轻声回答道。

"为什么不？我需要知道，我必须知道。"格雷厄姆眼神炽热。

"没有，格雷厄姆。"

"不要这样，宝贝。你之前告诉过我的。就再告诉我一次吧。"

"没有。"

"你之前跟我说过的。"格雷厄姆声音温柔，眼中满是兴奋的神采，又伸手抓住了安的手腕，只不过这次比上次抓得更紧了些。

"格雷厄姆，我之前告诉过你而你忘了。所以我有没有和他上过床并不会对你造成困扰。"

"我需要知道。"

"没有。"

"我需要知道。"

安最后一次试图向他解释，也是最后一次压抑她的怒火。

"听着，不管我有没有——如果我没有，那自然没事。如果我有而你又忘了，这就跟我没有和他上过床一样，不是吗？如果你不记得了，这一切就无关紧要了。所以，就让我们假设我没有做过吧。"

格雷厄姆却只是再一次重复他的话，语气更加坚定。

"我，需要，知道。"

安试图挣脱手腕却没有成功。她深吸了一口气，说道：

"我当然和他上过床。而且我非常享受，他在床上很能干，我甚至还要求他和我肛交。"

她手腕上的力道瞬间松了。格雷厄姆的眼神也瞬间黯淡。他垂头看着前方。

他们整晚没有再说一句话，而是坐在各自的房间里，连睡觉前也没有互道晚安。安进浴室洗澡时锁上了浴室的门，当她出来时，格雷厄姆正等着进去。他远远地站在过道的一边，给安留出了绰绰有余的空间。

上床后，他们背对背躺在床上，两人几乎隔着一码的距离。黑暗中，格雷厄姆开始默默流泪。几分钟后，安也开始啜泣。最后，她开口说道：

"那不是真的。"

格雷厄姆平复了片刻，安又重复说道：

"那不是真的。"

就这样，两人各自依旧蜷缩在床的两边，又都在黑暗中开始哭泣。

第七章

粪堆之上

意大利首先出局，在那里，情侣们的足迹纵横交错，像无风大漠中的一条条骆驼道。德国和西班牙也不是很合适。也有几个国家——譬如葡萄牙、比利时、斯堪的纳维亚——是很保险的。不过，当然，要说它们保险，其中一大原因是安压根儿就不想去那些地方。所以，这种"保险"转而也是有风险的。虽然怯懦如格雷厄姆，他想到的不是被本尼、克丽丝、莱曼或是哪个讨厌的人在赫尔辛基欺压两个星期。他想象自己待在一个大陆边缘的国家，穿着暖和的厚夹克，小酌一杯羊蹄酒[1]，闲暇无事，偶尔想想那些把他赶走的黑皮浑蛋，和那群现在还懒洋洋待在瓦尔维尼托酒店里嘲讽他的家伙。

法国有点危险，巴黎出局，卢瓦尔出局，法国南部也出局。好吧，法国南部也不是完全出局，出局的只是那些奢华之地。在那些地方，曲折的峭壁已被蜿蜒的一栋栋排屋所替代，还有尼斯

1　羊蹄酒，指新西兰产的"跳跃山羊酒"（Jumping Goat Liquor），一种含35%酒精（由威士忌构成）的咖啡。

和戛纳那样的地方，在他想象中，安曾在那儿和……和其他任何女孩一样行事。可是，"真正的"法国南部他们都没去过，那帮动不动就把电话打到伦敦确认自己证券价值变动的花花公子也没去过，所以那里是安全的。

他们坐飞机到图卢兹，租了一辆车，沿着米迪运河向东南开到了卡尔卡松。没有特定目的，只因为那是出城的可选路线之一。当他们在城墙上爬到一半时，安说了句什么话，促使格雷厄姆突然告诉安，那座城墙全是维奥莱-勒-迪克[1]复原的，但这丝毫没有减弱她的兴致。她心意已定，决计好好享受假日。格雷厄姆对卡尔卡松深恶痛绝——无疑这是历史学家的正直使然，格雷厄姆半开玩笑地向安解释道——但这也并没关系。在他们驱车旅行的第一天，格雷厄姆一度十分紧张，迫不及待地想带着他对本尼、克丽丝、莱曼和其他人的反应逃走。但现在呢，他似乎早已把那些抛之脑后了。

当他们到达纳博讷时遇到了一个丁字路口，他们转向北方，穿过贝济耶到达埃罗省。第四天早上，格雷厄姆小心地开过一个长满茂盛悬铃木的山谷，每棵树的树干中间都系着一条褪色的白飘带。他减速驶过一辆满得快要溢出来的干草车，车夫显然已经睡着，昏昏沉沉地拉着缰绳，但还是把头半转向他们。格雷厄姆突然感觉自己的内心几乎安好如初。那天晚上，他盖着薄薄的被

1　维奥莱-勒-迪克（Viollet-le-Duc，1814—1879），法国建筑师。

子躺在旅馆的床上，看着天花板上摇摇欲坠的白灰墙皮，不禁想起了悬铃木上飘摇的驱虫带，又对自己笑了一下。他们不会找到他的，他们以前都没到过这里，所以不会知道从何找起。即使在今晚被找到了，格雷厄姆也身强力壮，足以将他们赶跑。

"你在笑什么？"

安赤身在窗边徘徊，手中拿着刚洗过的短裤，心想是否将它们挂到外面的锻铁栏杆上。最终她放弃了，第二天就是星期天，你根本不知道人们会怎么诋毁你，说你伤风败俗。

"就是笑一下。"他把眼镜摘下来，放到床头柜上。

她把短裤挂在加热器的凸口上，穿过房间，走向床边。格雷厄姆摘下眼镜的时候看上去总是比平常少很多戒心。她看着他鼻梁上的眼镜凹痕、他花白的头发、他白皙的身体。当初，他说过一句把她逗笑的话："恐怕我生就一副文弱书生的身体。"她忆起那时的情景，滑进了被窝。

"就是笑一下？"

格雷厄姆已经决定在接下来的无论多少天中都避免提及——并且在一定程度上忘记——他们在假期遇到的事情，于是他告诉了她前一天晚上是什么让他发笑。

"我在想一件蹊跷的事情。"

"嗯哼？"她靠向他，把手放在这位"书生"的胸膛上。

"在我和芭芭拉在一起的最后一段时间，你知道她对我做了什么吗？没关系，这不会惹你生气的。她给我盖被子，真的，她给我捂被子。趁我睡着的时候，她把她那边的床单和毯子拿过来盖到我的被上，还把羽绒被也都盖到我身上，然后装作醒来，诬陷我，说我偷走了她所有的卧具。"

"她真是疯了，为什么要这样？"

"我觉得可能是让我愧疚吧。这招也的确挺灵的。我是说，她会让我感觉自己连睡着的时候都在潜意识中待她不好。这样的事她一个月干一次，整整干了一年。"

"后来为什么她不继续了呢？"

"哦，那是因为她被我逮到了。有一天晚上，我清醒地躺在床上，尽量不去打扰她。大约一个小时以后她醒了，但我什么都不想跟她说，只是静静地躺着。然后就明白她的勾当了。于是我就等着她把所有东西都摞到我身上然后装睡再装作被冻醒，之后开始摇我、诬陷我。我只说了一句：'我已经醒了至少一个小时了。'然后她话才说到一半就说不下去了，把之前给我的卧具都夺了回去，转过身去。我想这可能是我印象中她唯一一次无言以对。"

安把放在格雷厄姆胸前的手压了下去。她喜欢格雷厄姆讲述自己往事的样子。他从不谩骂芭芭拉，这样安会感觉更舒服一些。他的故事总是带着一种怀疑色彩，怀疑他自己的行为方式，或是怀疑自己居然允许芭芭拉那样对他，好像那样的伎俩和骗术不可能发生在他们之间似的。

"你想要多一点空间吗？"她边问边爬过去跨在他身上。根据他对自己露出的笑容，她想这应该无须任何犹豫，这个时刻，没有喧嚣的往昔来打扰他们。她是对的。

他们在克勒蒙雷洛附近找到一家小旅馆住了一周。他们的晚餐桌上放着一大升地产红酒和软糯的橙黄色薯条。他们认为行至法国，享受这些是很重要的经历。薯条的颜色可能是厨房废油导致的，但这又有什么关系呢？

早上，他们通常会开车路过繁盛的葡萄园到周边的村子去，在那里他们会参观教堂，那使他们变成更有趣的人。之后他们会买些野餐食材和一份《自由南方报》[1]消磨时间。他们漫无目地开车，偶尔停下来让安采一些她也不知道名字的野花野草，那些东西后来大多被放在汽车架座上卷曲枯萎。然后他们会找个酒吧，喝上一杯开胃酒，到一个隐蔽的山坡或是平地小憩。

吃午饭时，格雷厄姆会让安给他读《自由南方报》的二版。这一版题为"社会新闻"，专门刊登日常暴力故事。稀奇古怪的犯罪在这里找到安身之所，与之为伍的是普通老百姓倒霉遭殃的事例。"心不在焉的母亲把车开入运河。"安会翻译给他，导致"五人丧命"。某一天的一条新闻说，一个农民家庭把家中八十多岁的老祖母绑在床上，"生怕她闯到主干道上引发事故"，但其实主干道离他们家有八英里远。第二天的一则报道说两名汽车

1　《自由南方报》，法国蒙彼利埃地区（小说中主角驾车旅行的地区）发行的报纸，创刊于1944年。

司机争抢停车位，结果输家掏出枪就对着他"才结怨五分钟的敌人"的胸口连开三枪，受害者应声倒地。此外，枪手开车离开前射爆了受害者的两个车轮胎。"警方目前仍在进行追捕。"安翻译道，"受害者还算运气，被送往了医院。"也许，格雷厄姆想，在医院里他得再来一次运气，最后一次。

"这都是拉丁人坏脾气惹的祸。"他说。

"可这里是里尔。"

"哦。"

午饭后他们开车回到旅馆，在吧台喝杯咖啡，然后上楼回到床上，五点钟时又下楼，坐在东倒西歪的塑胶板制成的躺椅上，一直到晚上开始喝酒的时间。安在重读《蝴蝶梦》[1]，格雷厄姆在同时读好几本书。偶尔，他会出声读一点给安听。

　　在皮埃尔-克莱格对我的身体有想法时，他会戴上这个用亚麻布包裹的草药包，大约一盎司，或差不多就是我小手指的第一节那么大小。他还有一根绳子在交合时系在我的脖子上，那个东西，或者说草药，是用来系在绳子末端挂在我的双乳之间，直到我产生欲望。在那个牧师想起身离开床的时候，我会把那东西从脖子上拿

1　《蝴蝶梦》，英国女作家达芙妮·杜穆里埃创作的长篇小说，发表于1938年。主人公丽贝卡于小说开始时即已死去，从未在书中出现，却时时处处音容宛在，并能通过其忠仆、情夫等继续控制曼德利庄园，直至最后将这个庄园烧毁。

下来还给他。有时他一晚上会向我要两次甚至更多，在与我交合之前他会问我："草药哪儿去了？"

"那是什么年代的故事？"

"大约14世纪初。故事发生的地方离这儿不远，嗯，也就是五十多英里的距离吧。"

"龌龊的老牧师。"

"牧师好像的确很好色。我猜他们可以在事后给你救赎，然后省去你的奔波。"

"龌龊的老牧师。"一想到教会这么淫乱，安震惊不已。这倒引起了格雷厄姆的兴趣。一般来说，是他在她漫不经心地跟他评说世道的时候才惊讶不已。他的占有欲极强，几乎心存恶意，他继续说：

"他们也不都好这口。有的牧师更喜欢男童，这倒不是说他们是同性恋什么的——不过我觉得他们是有一点同性恋倾向。在很多篇章中，是有男的坦承：'我小的时候，牧师把我带到床上，放在他的双腿间，像对待女人一样对我。'"

"那听上去怪怪的。"

"不，他们向男童下手的主要原因是不想染上妓女身上的性病。"

"这帮同性恋，这帮恶心的同性恋。我猜他们是不是还为自己把这种勾当弄得合情合理？"

137

"哦，没错，他们把一切弄得合情合理。有关嫖妓的教条倒很有趣，我来读给你听。"他往回翻了几页，"'维达尔认为'——他不是个牧师，他是个赶骡的，但这是他在询问了牧师关于嫖妓的罪孽后得出的结论——'维达尔认为在以下两种情况下与妓女发生性行为是无罪的……呃，嗯……第一种，必须涉及金钱交易（当然是男方掏钱）；第二种，这一行为须让双方获得"快感"。'"

"这所谓的'快感'是什么意思？难不成妓女还得'到达巅峰'还是怎么的？"

"那倒是没提。我也不知道她们知不知道什么是'到达巅峰'。"

安把腿从躺椅上伸过来，用脚趾勾了一下格雷厄姆的腿。"她们历来就知道什么叫'到达巅峰'。"

"我以为她们在本世纪才知道的呢。我以为是布鲁姆斯伯里文化圈[1]的人发现的。"他不完全是在开玩笑。

"我倒认为她们向来就知道。"

"不管怎样，我不认为'快感'指的一定要是'到达巅峰'，可能仅仅是指顾客不许伤害或殴打妓女，就像他不能不付钱就拍屁股走人。"

"说得好极了。"

1　布鲁姆斯伯里文化圈，二十世纪初英国一个知识分子小团体，成员有作家弗吉尼亚·伍尔芙、作家E.M.福斯特、经济学家凯恩斯等。

"当然，"感到安的厌恶越涨越盛之后，格雷厄姆更加兴致勃勃地说，"那种事情跟今天可能也不太一样了。我是说，他们不一定要在床上做那档子事。"

"我们也不一定呀。"安不经思索地回答，然后马上想起跟格雷厄姆在一起的时候他们总是在床上的，而不在床上的时候是跟别人在其他地方。但得意扬扬的格雷厄姆并没察觉。

"他们大多时候在哪儿做呢？"他说出了早就想好的话，"在粪堆上。"

"粪堆？"

"就是粪堆。呃，我想我们可以看到粪堆的好处。"格雷厄姆换上一副学术性的口吻，"粪堆既暖和又舒服，而且闻起来不见得能比在那上面的狗男女味道好多少……"

"别说了，别说了。够了。"安果断地打断了他，"够了。"

格雷厄姆咯咯地笑了两声，转身继续看书。安也一样，但她脑中还在回想着这段对话。她惊异于自己为什么会受那么大打击。她惊异的不是单单某一个人或事——同性恋牧师、讥讽的宽恕、性病、粪堆——而是这些人与事的累加。当她说女性向来就知道"到达巅峰"是什么感觉的时候，她也不知道自己有什么权力这样说，似乎只是因为她自己知道而已。别人一定也知道，不是吗？安现在才发觉这是她辩论时的唯一论据。同理，不需要更强力的证据，她也敢打包票，性从古至今都是一个样。当然，有些事情的确已变了——感谢上帝，人们发明了避孕药和避孕环——但她把性本身视为人类的常态，它从来没有不被人类作为振作精神和享受之用的时候。在她心目中，性是与干净的被子和床边的鲜花联系在一起的。可是，就在不久前，就在那条路上，她想到了粪堆和龌龊的老牧师，她身边的花束仿佛也变成了身上的草药。为什么呢，她很好奇，为什么有人在那种场合下会那样做？她自己是不会那样干的。突然，她想到了牙膏。

与此同时，格雷厄姆还在看书。奇怪的是，现在他对自己读的每一本历史书反响都是一样的，不管那本书多长，质量如何，有没有用处，或是卖什么价。他发现在同样的时期，同样的句子中，这些历史书是既有趣又无聊。

一天早上，就在他们的假期只剩下四天的时候，安感觉她胸部的皮肤开始紧绷，后背还在隐隐作痛。他们在平缓宽阔的溪边野餐，溪水不过脚踝，潺潺流过光滑的鹅卵石。她用自己教过他的法国俚语向他耳语道：

"我想红衣兵[1]快要登陆了。"

格雷厄姆右手拿着一片厚厚的夹馅面包，左手拿着刚咬了一口的番茄。他知道番茄的汁水就要滴到他的裤子或是手臂或是两者之上了，于是心不在焉地问：

1　红衣兵，指英国士兵，因其制服为红色。此处暗指月经。

"它们被发现了吗？"

"是的。"

"那它们还有办法出海？"

"没错。"

"不过，当然，它们会顺风吗？"

"永远都有可能。"

他顾自点头，心中在暗暗盘算，就像一位商人在拍卖前决定以何价竞拍。安被他对自己来大姨妈的反应逗乐了。有时，在回答红衣兵具体什么时候被发现、它们的大致兵力、这队远征军准备驻扎多久等等问题时，她有一长串的各种选择。有时，比如就像现在这样，这一消息似乎让他很谨慎，就好像她说自己得去医院一样。偶尔，这也会让他恶作剧般的"性"趣十足，但他不会真的把她拖到床上去——他从来不是那种人——他会一反常态，热切地怂恿她。

在格雷厄姆看来，这整个话题充满乐趣，因为对他而言，那不过才四年时间，而且，以前可从来不允许有性的成分。他一如既往，不屈不挠地对经期行房的想法吹毛求疵，甚至含蓄羞怯地坦承，这让他觉得他理应戴套子。但他也始终乐意接受安的建议，她例假的逼近，意味着，呃，在它来临之前，放纵自己及时行乐，那几乎是人们应尽的责任。有一次，安还进一步向他暗示，即使他不愿意考虑戴套子，他总是可以尝试不太一样的事情嘛。但实际上，格雷厄姆并不怎么想求变求新。那会让他的兽性与理性激烈碰撞，使他感到尴尬。

他的第一次婚姻中可从没有过这种事情。芭芭拉把月经的到来看作女性遭受高尚的痛苦时期，在这个时期，她可以有额外的无理取闹做决定的权利，可以尽可能地让格雷厄姆感到内疚。有时，他甚至隐隐觉得是自己导致了芭芭拉的生理期，是他的阳具刮伤了她，使她流血。毫无疑问，这是一个脾气阴晴不定和犯嘴闹架的时期。依慈善之说，芭芭拉和安的态度的不同，应该归咎于代际差异或痛感阈值，但格雷厄姆对如今的慈善团体不怎么感兴趣。

他们吃完午饭，回到旅馆后，格雷厄姆一副心事重重的样子。他们用矮胖的方形杯啜饮咖啡的时候，他缄默不语。安没有问他心里在想什么，而是给了他一个选择。

"下午一起出去走走好吗？"

"哦，不，不去。"

"要我把我们的书拿来吗？"

"哦，不，不用。"

他身体前倾，看着她的杯子，确认它已经空了，就站了起来。对格雷厄姆来说，这个动作很果决，几近粗鲁。他们并排上楼，进入卧室，床单和被子扯得十分平整，窗户和百叶窗关着，房间一片幽暗。格雷厄姆打开窗户，放进来一阵模糊的嗡嗡虫鸣、远处厨房中的嘈杂声和温暖午后隆隆的背景音。他依然让百叶窗关着。也许他在窗边比自己认为的站了更长时间，所以当他转向安时，安已经在床上了。她一条胳膊随意地放在头旁边的枕头上，另一条自然地抓着被子，半遮住胸部。格雷厄姆转向自己的那侧床坐下，慢慢地脱下衣服。他最后摘下眼镜放在床头柜上，旁边的玻璃杯中插着某天早上安采来的已枯萎的不知名野花。

她对接下来发生的事毫无防备。格雷厄姆一下子钻入被窝，硬生生地分开她的双腿，然后开始亲吻她，非常温柔，但没有特别的重点。她并不惊讶，因为这才是他第二次这样做。她担心是不是自己的下体味道不好，至少在某种程度上说，对他来说不好。

接着他耸立而起，狠狠地扭动着身体，期望安声应气求。她迎合着，再次感到诧异，她以为格雷厄姆不大喜欢那样。大约一分钟之后，他又匆匆地下了床，同她交缠在一起。这也是不寻常的，以往他通常喜欢让她来做。然后，他开始一个劲地上、下、前、后地折腾她，一招一式干得很卖力，好像追求的不仅仅是快感，而是暗含着某种更深刻更复杂的动机。仿佛那不是一种直接的性行为，而是在演一出性的"全武行"。只争朝夕，做遍所有动作，使出百般武艺。你根本不知道什么时候会让这一切重演，哪怕是简简单单的一吻。也许，这就是蕴含之意吧。

而他高潮的方式也不一样了。以前，他通常会把头埋在枕头里，哼哧哼哧地达到高潮，而这次他一个俯卧撑从床上弹了起来，严肃地盯视着安的脸，这严肃几近痛苦。他的神情既在探寻，又不露声色——就好像他是海关人员，而安刚刚向他递交了她的护照。

"对不起。"他说，他的脑袋塌回她身旁的枕头里。这是他们进了酒吧后他说的第一句话。他的意思是，抱歉这一切都没有用，我对不起自己，对不起我尽己所能却收效甚微。我对不起自己啊。

"为什么道歉呢，傻瓜？"她一只手横放在他的脊背上，抚摩他的肩膀。

"为我自己，我无法满足你。"但主要是，无法满足我自己。

"傻瓜。即使我没满足，你做的也让我很开心。"

好吧，在这种情况下的确说什么都像说谎。格雷厄姆咕哝了两声，好像很开心的样子。安稍稍动了动身子，让他的髋骨摆正，然后他们就以这种传统姿势躺着，直到她膀胱胀得难受。

第二天，红衣兵如期登陆，天气似乎也变得阴郁起来。他们动身回到图卢兹，这次是向北绕了个弯。这里，潮湿的悬铃木种植得更加密集，在他们驶过时发出沙沙的声响。那些树患了掉皮病，此刻看上去萎靡不堪，可怜的树啊。

在驶入科斯南部边界时，他们看见一个路标指向洛克福村[1]。虽然他们都对奶酪没什么兴趣，但不管怎么说，这好像是个不错的景点。他们参观了一家建在悬崖峭壁上的工厂，那里一位穿着三层毛衣和一件长长的毛披肩的矮个子女斗牛士，向他们解释岩

---

1 洛克福村，世界三大乳酪之一——洛克福蓝纹奶酪的产地。

石上的垂直裂缝如何使整个工厂保持终年寒冷。微风和潮湿为蓝纹奶酪的生产创造了独一无二的完美条件，同时也无疑让这导游鼻涕涟涟。

其实，这儿没什么可供他们参观的，因为奶酪生产是季节性的，而他们来得有点晚了，所以连一片奶酪都没看到。不过作为补偿，导游拿来一块和洛克福羊乳干酪刻成一样大小的木头，向他们示范如何用锡箔将它包好。什么东西都没得看，这让格雷厄姆心情大好，而听着安一刻不停地翻译，他更是神清气爽。

"洛克福羊乳干酪的起源要追溯到一位牧羊人的故事。有一次，他坐在一个山洞里，洞里有面包和奶酪，他正对着他的羊肉准备享用午餐时，一位天生丽质的牧羊姑娘从外面经过。年轻的牧羊人忘了吃饭，追出去向牧羊姑娘求爱。几周之后他回到洞穴，发现他的奶酪和面包都已变绿长霉。但对我们来说幸运的是，他尝了尝奶酪，觉得十分美味。后来，牧羊人们就将这个山洞的秘密保守了几个世纪之久。没有人知道这故事是真是假，但洛克福人将这个故事口口相传，聊以自娱。"

他们步行穿过几道裂缝，裂缝中很潮湿，有极不自然的亮绿色苔藓闪烁其中。透过一扇窗户，他们可看到远处有一条装配流水线，包装工们个个郁郁寡欢。导游宣布参观即将结束，并神情严肃地指了指一条谢绝小费的通告。在售卖处他们无视奶酪，也拒绝了一套十二色的透明胶片，上面是从收集霉菌到包装的奶酪制作全流程。不过，格雷厄姆买了一把洛克福干酪专用刀，宽宽的刀身突兀地缩拢，刀柄异常细薄，样式庄重。这东西一定很称手，他想。

他们向西开了半天，到达了阿尔比。他们在那里看到了有生以来见过的最奇特的教堂：教堂由橘棕色的砖砌成，屋尾高耸，礼堂像堡垒，尽管大多丑陋或古怪，却依然很漂亮。这座教堂体现了战斗性、防御性和象征性：它由砖石建成，是为了警告那些苟延残喘的卡特里教派[1]余党和后来一切受到其蛊惑的异端分子们。当他们举头凝望最西端的球形黑色塔楼、墙上的箭形窗和跃动造型的滴水兽时，格雷厄姆觉得在某种意义上，这是对蒙塔卢那些莽莽撞撞的异教徒隐晦而睿智的回应：这就向粪堆上的私通者昭示，哪里有力量，哪里就有真相。

是因为她的生理期，还是因为格雷厄姆在近几天里有点急躁呢？他的快乐甚至也变得有点虚假，安不知道。也许这无关紧要，也许这只是假日结束的缘故。他们在阿尔比买了雅邑白兰地[2]和玻璃罐装的蔬菜。格雷厄姆买到了几双帆布鞋和一顶女式编织草帽，这两样东西从旅行一开始他就想要了。他们得用掉一些闲钱，他想，否则安的胡桃木箱子就要溢出来了。

---

1 卡特里教派，又称纯洁派，中世纪基督教派别，受摩尼教思想的影响，兴盛于12、13世纪西欧，主要分布于法国南部，于1145年传入法国南部的阿尔比城，因此又称阿尔比派。中世纪后期被异端裁判所除灭，14世纪末期逐渐消失。
2 雅邑白兰地，以其产地雅文邑（简称"雅邑"）命名的白兰地，产于法国西南的热尔省境内，已有700年历史，早于威士忌和干邑白兰地。酒体呈琥珀色，发黑发亮。

在他们穿过图卢兹的市郊开往机场时，他们经过了一家电影院，安笑了起来。

"现在在上映什么？"他问道。

"他们在上映《年假》[1]，"安回答，"这附近都在放这个。"这感觉就像你坐在意大利的火车上，途经的城镇全叫"出口[2]"。"是戈达尔[3]还是特吕弗[4]的电影？"

格雷厄姆莞尔一笑，用洪亮的声音做了恰到好处的回答，但难道她在余光中没有捕捉到那本能的畏缩吗？

他们在伦敦盖特威克机场轻松地找到了一辆出租车。天上下着雨。好像只要你回到英国的时候就在下雨。格雷厄姆透过斑驳的玻璃凝视着外面。为什么在这里看所有的绿色都变成了褐色？有没有东西可以在同一时刻既潮湿又落满灰尘？大约一英里后，他们经过了一个汽车修理厂。四颗星，三颗星……是家洗车场。格雷厄姆知道他回来了。他脑中的《年假》结束了。

1　《年假》，此为安的一个玩笑。电影院此时正休年假，暂停放映电影。

2　出口，原文为意大利语"Uscita"。

3　戈达尔，生于1930年，法国著名电影导演，法国新浪潮电影的奠基者之一。

4　特吕弗，戈达尔和特吕弗都是法国电影导演，且都是法国新浪潮电影的代表人物。

第八章

菲弥尼安风岩

格雷厄姆从未带爱丽丝去过动物园，对此感到很愧疚。但就这么回事，倒不是因为他讨厌动物，恰恰相反，他喜爱它们的奇异，喜爱许多动物不可思议的冒险性。他老是想问它们，是谁跟你们开那个玩笑的。他跟一只长颈鹿窃窃私语，到底是谁觉得你长这样好看。我的意思是，我知道要吃到最高的叶子，就需要一条长长的脖子，可是，难道把树弄矮一点不是更好吗？或者，说实在的，习惯吃地表生物，比如甲虫、蝎子之类的不是更好吗？为什么长颈鹿们喜欢继续按原来的方式生存？

　　还有，在某种程度上，他倒是想带爱丽丝逛逛动物园的。即使最笨拙的父母也不会错过动物园。不管在孩子的眼中你是多么烦人、贫穷或卑劣，不管你多少次在学校颁奖日穿着不得体，你都可以带孩子去动物园作为补偿。动物们闪烁着光芒，让人觉得可靠、慷慨——好像它们仅仅只是父母臆想的杰作似的。快看呀，它们都是我爸爸创造的。是的，还有鳄鱼，还有鸬鹚，还有斑马。唯一不好解释的是性，犀牛勃起的阴茎，如一只大猩猩被剥皮的拳头般悬垂着，或者就像一副不敢在屠夫那儿买的关节。但即使是这种时候，也可以搪塞为基因变异。

不，格雷厄姆之所以害怕动物园，是因为他很清楚自己一看到动物园就会难过。他离婚后不久，就和奇尔顿谈论过几次探视权问题。奇尔顿是常跟他一起喝杯咖啡的同事，他的婚姻也破裂了。

"你的女儿住在哪儿？"奇尔顿曾问他。

"嗯，可以说很难描述。以前吧，旧市政时期叫圣潘克拉斯，但你知道伦敦北线……"

奇尔顿没让他说完，倒不是因为不耐烦，而只是因为他已获得足够信息。

"那你可以带她去动物园。"

"噢，事实上我曾经考虑带她去——嗯，这个周日，不管怎样——到1号高速公路，在路旁咖啡馆里喝杯茶。我觉得这挺新颖的。"

但奇尔顿只是心照不宣地朝他微微一笑。几周后，安在闲谈时暗示她觉得他这周日会带爱丽丝去动物园时，格雷厄姆并没有回应，而是继续读手上捧着的书。当然，他本应接一下话茬儿，提及一下奇尔顿提过这事儿。周日下午往往是探望人的好时机：医院，墓地，养老院，离异之家。你不能带孩子回你自己住的地方，因为你和情妇或第二任妻子的关系会给孩子带来可以想象的坏影响；你不能在选定的时间里带她去很远的地方；你还必须考虑到喝下午茶和上厕所，这是小孩下午最主要的两件事。在伦敦北线，动物园是比较符合这些要求的：开开心心，对父母来说于情于理都很合适，而且到处都有下午茶厅和卫生间。

但格雷厄姆不想加入其中。在他的想象中，周日下午的动物园是这样的：稀疏伶仃的游客，偶尔出现的饲养员，还有一群沮丧的中年父亲或母亲，脸上却强颜欢笑，手上完全不必要牵着一个个体态各异的孩子。如果一位时间旅行者突然看到这幅场景，必定会认为人类已经抛弃了古老的繁衍方式，取而代之的是不断完善的单性繁殖。

于是，格雷厄姆决定远离哀伤，绝不带爱丽丝去动物园。有一次，或许经芭芭拉一怂恿，他的女儿提及了动物园，而格雷厄姆则义正词严地说，困兽于笼是不公平的。他还三番五次地提及机器化饲养的鸡。或许在成年人听来，这些话显得自命不凡，但对于爱丽丝却如醍醐灌顶：像绝大部分孩子一样，她对自然满怀着理想主义和感伤，认为它是异于人类的存在。格雷厄姆以独特的原则立场，破例占了一回芭芭拉的上风。

不去动物园，他就带爱丽丝去茶馆、去博物馆，还有一次想去高速公路咖啡馆却没去成。他不允许她在那儿，对精心排列在柜台后任顾客选取的食物挑三拣四。四点时吃了一份牛排和一个腰子布丁后，爱丽丝就难以再咽下一个纸杯蛋糕了。

晴天，他们就在公园里散步，朝已打烊的商店的窗户里张望。雨天，他们有时就坐在车里聊天。

"你为什么离开妈妈？"

这是她第一次问起这个问题，但他不知如何回应。他默不作声，却转动起点火装置开关，直至打开电动系统，然后打开雨刮器，扫清前车窗。他们面前的一片模糊渐渐清晰起来。他们往下看，视线穿过一个潮湿的公园，落在玩捡足球游戏的人们身上。仅在几秒内雨滴模糊了玩家们的身影，映出片片斑驳的色彩。突然，格雷厄姆迷失了自我。为什么没有指导说话的准则？为什么没有关于破碎婚姻的消费者报告？

"因为妈妈和我一起生活不幸福。我们相处得……不融洽。"

"你过去常常告诉我你爱妈妈。"

"是的，我以前的确是的，但我后来不再爱她了。"

"你以前没告诉过我你不爱她了，一直到你离开时你还告诉我你爱妈妈。"

"嗯，我不想……让你难过。你还有考试和其他事情。"她还有什么事情？她的生理期？

"我以为你是为了……为了她才离开妈妈的。""她"这个字语气平淡，没有强调。格雷厄姆意识到女儿是知道安的名字的。

"是的，我的确是。"

"所以你离开妈妈不是因为你们相处不融洽，而是因为她。"这次就强调了"她"，语气并不平淡。

"是的。不，一定程度上不。在我离开很久之前，我和妈妈就已经有矛盾了。"

"凯伦说你出走是因为你觉得到了中年，想甩了妈妈，换个年轻点儿的。"

"不，不是那样的。"凯伦是谁？格雷厄姆在心里想着。

他们都沉默不语。他希望对话已经结束。他摆弄着点火钥匙，但没有转动它。

"爸爸，是不是因为……"从她眼角望去，他可以看到她双眉紧皱。"是不是因为浪漫的爱情？"她怯生生地问道，好像她是第一次使用这一陌生短语似的。

你不能说你不知道那意味着什么。你也不能说，那不是个真正的问题。你只能从两个盒子中选择答案，还必须得迅速二者择一。

"是的，我想你可以这么说。"

说出这句话——却不知道它意味着什么，或者这样的回答会对爱丽丝有什么影响——比带她去动物园更让他沮丧。

首先，格雷厄姆暗自思忖。为什么嫉妒会产生——不仅是他，还有芸芸众生？它是怎么产生的？在某种程度上它和爱情相关，但这种产生方式无法估量，也难以理解。为什么它就像地面警戒系统警示飞机到来，突然在他脑际挥之不去，飘开6.5秒，又卷土重来？有时格雷厄姆脑子里的感觉就是这样。为什么它要来折磨他？它是某种无常的化学物质吗？是在出生时就分好了的吗？心生嫉妒的方式是不是和生就一个大屁股和差视力一样？大屁股，差视力，也让格雷厄姆烦恼不已。若是如此，或许一段时间后它就渐渐销蚀，或许储存在软盒子里的嫉妒化学物质只能持续若干年。这都有可能，但格雷厄姆满腹狐疑，他拖着个大屁股已经好多年了，且没有丝毫小下去的迹象。

第二，出于某些原因嫉妒是必须存在的，但它为什么还影响着过去？为什么似乎是它主导着情绪？其他情绪可不是这样的呀。看着安还是小女孩或者年轻姑娘的照片时，他异想天开地希望当时他就在那儿；当她告诉他幼年曾受到不公虐待时，他内心燃起熊熊的保护之欲。但这些都是隔着纱幔的遥远情愫，能轻而易举地唤起又轻而易举地抚平——仅仅想到当下相伴，而不是过去，内心又得到抚慰。然而，嫉妒来势迅雷不及掩耳，陡然而至，骤然爆发，蔓延全身，由鸡毛蒜皮的小事引起，治愈方法却不得而知。为什么过往使人辗转不安呢？

他只能想到一个相似的例子。他有几位学生——不是很多，甚至也不是大部分，每年只有一个，比方说——的确对过去耿耿于怀。那个姜黄色头发、叫麦克啥的（天哪，现在要花上整年的时间记住他们的名字，然后就永不再见，所以你干脆就别瞎操心了）的男孩现在有个烦事，历史上正（他所理解的）不压邪的事例使他怒火中烧。为什么不是x取胜？为什么z打败了y？在课堂上，他看到麦克啥的大惑不解、怒不可遏的脸庞，持续投来恳切的目光，渴望听到历史——至少历史学家——弄错了，渴望听到原来x只是隐姓埋名，多年后在w出现等等。通常情况下，格雷厄姆认为这些反应是出于什么呢？——幼稚。或者，更确切地说，出于某种具体原因，譬如生长在宗教环境里。但现在他不再那么信心十足了。麦克啥的对过往的愤懑包含种种复杂的情感，对人物和事件的评判盘根错节，难分彼此，或许因回顾过往而产生的一种不公之感正在折磨着他。

第三，为什么因回顾而产生的嫉妒仍在当今存在，仍在20世纪的最后25年存在呢？格雷厄姆可不是一个无谓的历史学家。事物纷纷消亡，国际纷争渐渐平息，人类文明越发彰显，在格雷厄姆看来，这一切无法否认。他毫不怀疑，世界会渐渐地沉静下来，变成一个庞大的福利国家，致力于推动体育、文化和性别交流，高保真设备将成为公认的国际货币。偶尔会有地震和火山爆发，但即使是大自然的报复也迟早会加以惩处。

所以，为什么这种令人嫌弃的、鄙夷的嫉妒仍挥之不去、纠缠不已？就像中耳，偏偏在那儿夺去你的平衡感；或像阑尾，无耻地赖在那儿发作，最终得切除了之。可怎么切除嫉妒呢？

第四，为什么嫉妒偏偏找上他，而不是别的人？他自知是个非常理智的人。芭芭拉曾自然而然地想让他相信他是个怪异的自大狂、猛兽一般的好色之徒、麻木不仁的情感侏儒。不过这完全是可以理解的。其实，格雷厄姆的自知之明恰恰再次向他证明他是多么理智。一直以来，所有人都认为他理智——他的母亲满心欣慰，他的首任妻子嗤之以鼻，他的同事赞不绝口，他的第二任妻子眼里写着喜爱、讽刺、将信将疑。他就是这么个人，而且他也喜欢做这样的人。

再者，他好像也不是世界上最忠诚的情人。他爱上了芭芭拉，然后安，差不多就她们俩了。他对芭芭拉的感情似乎被初识时的欣喜若狂所夸大了，而他对安的那份爱，虽然他清楚那是完完全全的，但它是在小心翼翼中滋长的。那居于两者之间的温热情感呢？嗯，对于温热之情，他有时曾敦促自己，尝试感受爱情靠近的美妙，但最终只变成一种火急火燎的多愁善感。

　　既然他坦承他自身的这些问题，而偏偏只有他在遭受惩罚，这好像就特别不公平了吧。是别人在踢火，而烧伤的却是他。或许这就是实质所在吧。也许这正印证了杰克对婚姻的分析，杰克的四眼佬之说跃然纸上。杰克的理论虽然言之有理，但也许能解释的案例并不够多。如果不是因为婚姻的本质——就此而言，杰克可以迁怒于"社会"，拂袖而去，出轨，直到内心得到抚慰——却是出于爱情的固有属性呢？这想法真让人不太高兴：每个人追求的东西总是不由自主地、不可避免地偏离正轨。格雷厄姆厌恶这一想法。

　　"你可以上你的学生。"

　　"不，我不能。"

　　"你当然能。人人都这样干。这是本能。我知道你不是帅哥，但在那个年纪他们不太介意。假如你不是个帅哥，也许更能激起性欲——假如你有点体味儿，乱糟糟的或者郁郁寡欢的话，我称之为'第三世界性'。它内涵十分丰富，特别是在那个年纪。"

杰克只是想尽力提供帮助，实际上格雷厄姆对这点深信无疑。

"嗯，你知道，在一定程度上我觉得这是错的。我的意思是，我们生来就要承担为人父母的责任。这看起来有点像乱伦。"

"一家人一起玩、一起住嘛。"

事实上，杰克也并非鼎力相助。格雷厄姆屡屡地拜访他，他都有点厌烦了。他曾给出许多中肯的建议——如格雷厄姆应该说谎，他应该自慰，他应该去海外度假——他觉得差不多要束手无策了。以前，不管怎么样，他只是对格雷厄姆有些同情。如今，他倒是想戏弄戏弄这位朋友，而不是纵容他。

"……不管怎么样，"格雷厄姆继续说，"我不想。"

"吃着吃着就有食欲了。"杰克挑起一条眉毛，但格雷厄姆只古板地把他的话当作老生常谈。

"有趣的是——我的意思是，最让我惊讶的是——它竟那么栩栩如生。"

"……？"

"嗯，我一直都是个舞文弄墨的人。我以后也会这样，难道不会吗？一直以来，文字对我产生了最大的影响。我不太喜欢图像，我对色彩或衣服提不起劲儿，我甚至不喜欢书本中的插画，而且我讨厌电影。嗯，我过去常常讨厌电影。嗯，我现在仍这样，当然方式不同。"

"是的。"杰克等着格雷厄姆明白事理。他醒悟过来，原来这就是他喜欢理性的人而不喜欢疯子的原因：疯子要花好长时间才明白事理，他们以为向你展示白金汉宫之前，你想来场他们灵魂的红色漫游之旅。他们自以为是，以为一切都妙趣横生、一切都相互关联。杰克想个新的笑话。他可以任意拿埃德加·文德[1]开玩笑吗？靠风吹响的木管五重奏怎么样？不，那非把老括约肌拉伤不可。而且，他们似乎也没有木管二重奏。

"但令人惊奇的是，可视物体居然撩得人心发痒……"

是不是有条"风狂猛冲河"？嗯，是得琢磨琢磨。

"……我的意思是，我和安的婚姻与和芭芭拉的婚姻是不一样的，这我心知肚明。当然安总是开诚布公地向我讲述她的历任男友、她遇见我之前的人生经历。"

跌倒了还可以捡到风吹落的果实。或许是个苹果？沿着海岸，或许迎风拂面，或许海水涨潮，或许借着浪潮洗洗餐具？

"……所以我知道他们有些人的名字，我还可能看过一两张照片，虽然当然也没仔细看。我知道他们做过的事，当然有些比我年轻，有些比我长得好看，有些比我富裕，有些可能床上功夫比我好，但这我都可以接受，只是……"

风中盘旋的茶隼，比作风中少女的起锚机，还有阻挡迎风的大帆船。杰克憋住微扬的嘴角，礼貌地清了清嗓，咕哝了一声。

"……是真的。然后我去看了电影《欣喜若狂》，然后一切

1　文德，Wind，英文原意为"风"。

都变了。我一生都对图像无动于衷，可我现在为什么突然沉迷其中？我的意思是，难道你自己没想过这事儿吗——它肯定影响到你的专业能力，我指的是，如果人们从电影比从书上学到的知识要多的话。"

"我一向觉得你去任何地方都可以带本书。你不可以在金属桶上看电影吧，难道可以吗？"

"不可以，这是事实。但是在那儿，在屏幕上看到我妻子，又是另一回事了。我的意思是图像——图像比文字的威力大多了，不是吗？"

"我觉得你的情况有点特殊。"

"可能也是因为面向公众——一想到其他人在那儿看到她，有种被公众戴了绿帽子的感觉。"

"她拍的可不是那种电影，是不是？我觉得不会有许多观众用手肘轻推旁人，说，嘿，那不是格雷厄姆的太太吗？反正那时她还不是你太太。"

"当然不会。"或许这情况无关公众，但的确与图像有关。他陷入沉默。杰克继续默默地搜肠刮肚。过了一会儿，格雷厄姆说：

"你在想什么？"

啊，见鬼，他正想着有关风囊般的话痨的笑话。只好急中生智。

"老实说，没什么。没什么顶用的。我只在好奇'菲弥尼安（Feminian）'是什么意思而已。

"我在想它是不是真的是个地质学术语，还是只是吉卜林瞎编的。它的发音听上去和'feminine（女性的）'这么像，我估计肯定是真的，但字典里根本查不到。或者的确是他自己编造的，但拼错了一点。

"得到第一块菲弥尼安风岩时，我们就被允诺过上'更加充实的人生'（始于爱我们的邻居，终于爱他的妻子）。"

如果这都不能赶他走，杰克想道，任何东西都不能了。

但格雷厄姆却回答：

"你知道我发现了什么东西在法国人是怎么说的吗？

"你见过公牛的睾丸吗？"

"嗯。"这表示不置可否，但格雷厄姆仍滔滔不绝。

"它们真硕大，不是吗？你几乎可以把它们当橄榄球玩了，不是吗？

"那时我们在法国——在卡斯特尔吧——路过一个肉店，看到在窗户上挂着一些。我的意思是，它们一定是公牛的睾丸，我想不出有什么其他物种的有那么硕大，除非是马的，但这又不是马肉店，所以我排除了……

"然后我对安说，要不我们进店里，问一下它们是什么。她咯咯地笑了会儿，说，已经很清楚它们是什么了，不是吗。然后我说，是啊，我们知道它们是什么，但让我们听听它们叫什么吧。于是我们走进店里，遇到个非常严谨的法国屠夫，非常讲究，看上去好像知道怎样滴血不流地切下肉来。安指着托盘，问他：'你可以告诉我们那些是什么吗？'你知道他说了什么吗？

"他说：'这是轻浮浅薄，女士。'是不是回答得很妙？"

"还行。"

"谢过他后我们就走出去了。"

"……"（看在上帝的面上，我断定你不会把它们买下来做三明治的。）

"轻浮浅薄。"格雷厄姆喃喃自语，再次咀嚼这个词，然后点了点头，就像位垂暮之人，突然想起四十年前的野餐，心漾暖意。杰克赶紧在最后做了点评。

"你知道，事实上，有个美国佬没有过往记忆。"

"嗯？"

"这是真事儿，我读过他的故事。似乎在击剑的时候，他的对手把花剑从他鼻孔一直插进脑颅内。于是他丧失了记忆。就那样生活了二十年。"

"得了健忘症。"格雷厄姆说。他怒火中烧，这事儿和他的话题风马牛不相及。

"不，不全是。比那要好些。或者更不如，我估计——我的意思是，我读的报道并没有评价这家伙是否快乐。但重点是，他也无法形成新的记忆。他会立刻忘却一切。试想一下——根本没有任何记忆储存！或许你会喜欢那样？

"难道你不会吗？没有记忆储存——仅有当下？就像老是从

火车窗向外张望。看到的风景：小麦地、电话线杆、晾衣绳、隧道。没有联系，没有因果关系，没有重复感。

"他们可能向你做同样的事，把嗅探器和你姑姑的先令交出去，如今我想你可以在国民保健制度受到这样的待遇。"

格雷厄姆有时纳闷杰克是否把他当回事儿。

从法国回来后连续好几周，事情接二连三地发生。安发现自己以一种从未有过的似懂非懂的方式审视格雷厄姆。她观察他，如同你观察一位酒鬼或者潜在自杀者，心照不宣地给他的日常行为评分，例如吃早餐麦片，调整生活节奏，不沉溺于电视。当然，她确信他既不是酒鬼也不是潜在自杀者。他的确比平时要喝得多些，杰克也的确以自己巧妙的方式，曾暗示她格雷厄姆已经完全神志不清了。但安心里很清楚，首先，她更懂她丈夫，她也对杰克的为人心知肚明。他向来喜欢绚丽耀眼的生活，希望人们都是揭秘高手，因为这使得一切更加妙趣横生。不知怎的，这也似乎证明了他的性格适合他的职业。

赶走疑虑后，安等着格雷厄姆和她云雨，但他似乎并不那么渴望。通常她会先去床上躺下，他会搬个借口待在楼下。等他爬上床后，会轻吻一下她的前额，然后几乎立刻摆成入睡的姿势。安耿耿于怀，但也若无其事。如果他不想，她宁愿他不做。她心想，他不假装这本身就意味着他们之间仍相互坦诚。

他经常睡得不踏实，梦中会笨拙地猛踢想象中的对手，口中喃喃自语，像惊慌失措的啮齿动物一样发出短促的尖叫。他对被褥拳打脚踢，她比他早起时会发现，他那边床上的被褥都被踢得一干二净。

一个这样的早上，她绕到他身边注视着他。他仰面沉睡，光着半个身子。他表情安详，但双手高举头侧，手掌摊开朝上。她的眼睛顺着他长满凌乱的灰褐色胸毛的胸膛扫视下去，越过厚实的腰部，目光一直落到外生殖器上。他的阴茎，比平时更小，似乎更粉红，贴在他左腿的右侧上；他其中一个睾丸压住了看不到，另一个的皮肤拉得紧紧的，紧挨在他的阴茎下。安凝视着他月球表面般凹凸不平的睾丸，盯着它那皲裂的、崎岖不平的皮肤，竟寸发不生。这个毫不起眼、样子怪异的器官竟能如此惹是生非，真是百思不得其解啊。也许干脆就别管它，或许它无关紧要。晨光熹微中，当它主人仍呼呼大睡，安凝视它粉棕的色泽，幡然醒悟，觉得它不可思议的不值一提。少顷，它甚至看起来和性没有半点瓜葛。是的，事实就是这样：蜷缩在格雷厄姆大腿交会处的物体和性毫无关系——它只是剥了皮的对虾和一个核桃。

屠夫穿着一条蓝条纹的围裙，戴了顶绕着蓝丝带的草帽。数年来第一次，安排着队，琢磨着帽子和围裙竟造成如此奇异的鲜明对比。平顶硬草帽勾起人们幻想，在杂草丛生的懒洋洋的河上懒散地摇晃着船桨，激起朵朵浪花。血渍斑斑的围裙昭示着充满杀戮的人生，这是种精神受虐的屠杀。为什么她以前从来没有留意过这些？

看着这个男人，如同看着一个精神分裂症者：文明和野蛮交织，假装这稀疏平常。而人们也的确习以为常，他们不会感到震惊，这个男人仅仅站在那儿，就是在宣告着两个矛盾的事物。

"美女想要买什么？"

她几乎忘记自己来干什么。

"请给我来两块里脊肉，沃克先生。"

屠夫像摔鱼一样把它们"啪"的一声重重地摔在他平阔的磅秤上。

"半打鸡蛋。大个儿的棕色鸡蛋，不，还是来一打吧。"

沃克背朝着安，默默地挑起一条眉毛。

"我还可以预订周六的夏多布里昂里脊牛排吗？"

屠夫再次转过身，冲她微微一笑。

"我想不一会儿你就厌倦老牛肚和洋葱了。"

安开怀一笑，离开商店时暗想着，店主说得多有意思啊，我想这是顺口溜吧，不一会儿所有顾客肯定都看着很像吧，我的头发是挺脏的。屠夫那时还在想，好的嘛，我真替他高兴，他又重操旧业了，或者找了份新工作，或别的什么活儿。

安告诉格雷厄姆今天屠夫把她错认成别人了，但他却哼哼以对。好吧，安心想，确实没什么意思，但还是值得一说的嘛。格雷厄姆变得越发沉默、内向。如今她似乎成了话痨。这就是为什么她发现自己聊起了屠夫这样的话题。当她这样做时，他就叽叽歪歪，仿佛在说我不像你所期盼的那么健谈是因为你讨论的都是味如嚼蜡的事。曾有一次她正想描述工作时看到的一种新织品，他突然抬起头说：

"索然无趣。"

"索然无趣也可以培养成饶有兴趣。"她不假思索地回答。在她孩童时期摆出无礼的漠不关心态度时，这也是她外婆过去经常跟她说的。而且如果她的"索然无趣"是表示由衷的抵触，她的外婆过去常常完整地回答：

索然无趣也可培养成饶有兴趣；

索然无趣被高高挂举；

索然无趣被丢进了锅，

沸水蒸煮，直到熟透。

格雷厄姆的暑假还剩三周（安永远也不习惯称之为"假日"）。通常来说，这是全年的黄金时间，此时的格雷厄姆最乐于助人，笑口常开。一想到他在家晃来荡去，看点儿书，有时做做晚饭，她就乐不可支地去上班。在最后一两年，她会偶尔在下午过半时溜号回家，赶路的腾腾热气，身上轻薄的衣服，地铁来回晃动和铿锵作响，使得她到家时已大汗淋漓，性感妩媚。他们对于她早早归家的理由心照不宣，尽管她身上潮黏黏的，他们还是会上床云雨。

午后交欢最为美妙，安想。她已经厌倦了晨间做爱，晨间做爱通常意味着"昨晚我很抱歉，反正现在补回来就好"，有时还意味着"这会保证你今天对我念念不忘"，但这两种内涵都无法令她神往。夜阑同房，嗯，才是最基本的，不是吗？它形式各异，可以在睡意绵绵中心照不宣、快快乐乐地行事，也可以一时性起，来一句："瞧，我们早早上床不就是为了这个吗，所以何不好好干一场呢？"夜阑同房是性爱的极致，时而刺激，时而寡淡，时而不可预测。但午后交欢——绝不仅仅是礼节性地完成做爱的任务，它炽热、蓄意。有时以独特的方式向你喃喃细语（即使你已经结婚）："我们就在干这档子事，之后我仍想和你共度今宵。"午后交欢会带给你意外的惬意。

有一次，他们从法国回来后，安就想尝试一下。但当她回到家，却发现格雷厄姆并不在，虽然他说过会整天在家的。她黯然神伤，暴躁地走来踱去，把所有房间找了个遍。她给自己冲了杯咖啡。她一边呷啜，一边不知不觉地陷入了失望的深渊。格雷厄姆滚出门去了，没人跟她做爱了。唉，如果他有一点点直觉、一点点预感……她埋怨男人先天迟钝，不会善解人意，不懂只争朝夕。她自言自语到一半就打住了话头：或许他出门的时候就打算准时回来的呢。说不定发生了什么事了？那该怎么办？要花多长时间发现他出事了？谁会给他打电话？也就不到十五秒钟，她忽然就想到自己可能要当寡妇了，心里还有点小激动呢。好啊，你有本事死死看，别回来了，看我在不在意。这时她脑海里快速出现一系列画面：一辆熄火的大巴横趴在路中央，一副碾碎的眼镜，救护车上救护员的裹尸布。

接着她想起了自己的同学玛吉。玛吉二十五六岁时爱上了一位有妇之夫。他抛弃了自己的家庭，和她共筑爱巢，把他的物品搬了进去，并离了婚。他们讨论到生小孩，两个月后他死于出乎意料、极度罕见的血液病。多年后玛吉向安祖露她的心声。"我非常爱他。原本打算与他过一辈子。我就这样毁了他的家庭，虽然我从头到尾都不想看到这一幕。后来他变得消瘦苍白，渐渐枯萎，离我而去，我眼睁睁地看着他死去。他死后的那天，我发觉我内心仿佛在说'你自由了'，循环不断地在说'你自由了'，即使我并不想自由。"

直到现在安才理解。她希望格雷厄姆现在平安无事地到家，她也希望他被压在车底，四肢伸展，浑身烧焦，被汽车的主动轴刺穿。这两种希冀共存，它们甚至没有你争我斗。

等格雷厄姆到家时，差不多七点，她的情绪已经平息。他声称自己突然想到要去图书馆查点资料。她没有想自己要不要相信他，没有继续问他近期有没有看好看的电影。他似乎觉得没有道歉的必要，他有点闷闷不乐，径直去冲了个澡。

格雷厄姆讲的差不多是事实。早上，安离开后，他写完了论文，洗完了餐具，然后像个小偷在房子里晃来晃去，在每个房间里都发现了惊喜。和平时一样，他最终去了书房。他可以开始阅读巴尔弗新的传记了，从买了之后它一直原封不动。他非常想阅读，因为如今的传记，或者在他看来，或多或少都要谈"性"。

历史学家，这些在辉煌时代的懒洋洋的浑球，最终慢慢吸收了弗洛伊德的理论。突然之间，一切全都归结为性了。巴尔弗能不负众望吗？希特勒只有一个睾丸？斯大林是床上杀手？格雷厄姆断言，作为一种调研方法，阅读传记与苦心研读一箱箱政府卷宗一样能揭晓事实真相。

他渴望了解巴尔弗的性冷淡，在某种程度上他也需要这样做，就像他的几位比较勤奋的学生也许此刻正在快速阅读此书。但从更宽泛的意义上说，他并不渴望。毕竟，他不是要转变他研究历史的方式，从直觉实用（如同他近来认为的那样）转向精神性爱，这首先会在学院内引起轩然大波。此外，即使每个学生下学期已经阅读过这本传记（在他印象中，他越久没读，书就变得越来越厚），他，格雷厄姆，拥有的知识仍然会比他们所有人加起来的要多。绝大部分学生一开始就所知不多，早早就厌倦了，读了一点就敷衍了事，相互抄袭笔记应对考试，无论得到什么分数都嘻嘻哈哈。你只有非得向他们放个权威名字，他们才会一个个露出惊恐的神情。读完要很长时间吗？他们的表情似乎在问。不懂这个我可以及格吗？格雷厄姆打算在开学初几周向他们抛出一连串人名，给他们个下马威，不过，他主要是想让他们感到无聊。别把他们整得兴奋过头了，他在给一年级学生上课时这么对自己说，否则，你永远不知道自己会陷进怎样的泥淖。

他没读巴尔弗传记，而在他自己的1915-1919文档柜里搜寻。有一期新杂志中刊登的某位女郎正是他很想拿来自慰的。当然，绝大部分杂志中的绝大部分女郎都适合深度调情，甚至——假如你的手指在某个关键节点误导了你——适合圆房。但不管怎样，每本杂志总会推出一位娇女，人们会被勾回到她身边，会爱怜地思念她，在街上会为她侧目。

"白兰蒂"是他目前最喜欢的女郎：脸庞柔美，带着点书卷气。的确，在一帧照片上她正在阅读一部精装本。那书也许是从某家图书俱乐部弄来的吧，他不以为然地想道，但即使这样，聊胜于无嘛。这张温和的脸庞，与她用力地、几乎暴力地翻出她的裤袋形成鲜明的对比，这种穿透力不断震撼着格雷厄姆。粗俗的文字宣称"白兰蒂令你欲火焚身"，但这千真万确。

在洗手间，格雷厄姆再次阅读除了描述白兰蒂的板块的整份杂志（他愤然责问，为什么她不在杂志的中间插页，比在《汤姆·琼斯》片段中的那谁惊艳太多了，天哪，全穿着绣花短上衣、短衬裤，照片经过柔焦处理）。尽管往后翻，白兰蒂胴体的每一个细节一览无余……他在心里对自己说，只要翻过几页读者来信和按摩院广告，就可以翻到有关她的版面。好的，现在，开始。他的左手翻到白兰蒂，右手已经就位，严阵以待。他再次翻查了一下有多少页介绍她，好的，八页，有三幅跨页照，一张在起始页，一张在尾页，最好的一幅在第六、第七页；好的，从尾页开始看，哦，天哪，是的，就是她，难道不是吗；然后往前翻到起始页那张，是的，然后往后翻，嗯——快要兴奋了，好的，下一张，现在要慢慢地、含情脉脉地三张照片逐一细看，前面那张，后面那张。棒极了。

吃完午饭后，他在电视机前坐了下来，调到独立电视台频道。他打开录像机，摁下"录影"键，然后又马上摁下"暂停"键。那样他就不会丢失关键的两到三秒了。他坐在那儿看了一个多小时的通俗连续剧，然后才知道自己想要什么，不厌其烦地按"暂停"键。十五秒后他摁下"停止"键。然后他重新播放整个录像。开始时他不觉得烦闷，但后来他渐生愁绪。也许他应该驱车去柯林达，那会把烦忧扼杀在摇篮中。忧愁居然那么来势汹汹，真是奇怪。同样奇怪的是，居然可以纯粹开心和纯粹悲伤。或许，如果你这般欣喜，就非得如此哀怨吧。或许，这两种情感千丝万缕，就像布谷鸟自鸣钟上的报时木制小鸟。布谷鸟啊，他想，布谷鸟。下一个出柜的是哪一位呢？

杰克的微笑有虚伪的一面也有真诚的一面。苏花了好几年时间才发现这一点，但一旦看清二者的差异，就能猜中微笑的内涵，屡试不爽。虚伪的微笑显露出更多上牙，持续时间比必要微笑时间稍长，毫无疑问还有其他细微差别，但都隐没在络腮胡子里了。

大多数的周末时间，杰克都喜欢谈论亨德里克斯夫妇，即使没有新进展也热衷于望风捕影。苏期盼收看他们朋友的肥皂剧的最新剧集。她对他们的喜爱没有到令人惶恐不安的地步。但这周五她询问时，得到的回答却是一顿嘟哝：

"这周没有观影作业。"

"你觉得他们在搞什么名堂？"

"不知道。"

"来，猜一下嘛。"显然他需要劝诱。或许她明天会重回这个话题。但是，当他望着她，比平时露出更多牙齿时，她明白她不会这样做了。他答道：

"亲爱的，我觉得这话题已经很没劲了。"

每次看到那种笑容，苏就觉得自己知道对杰克恨得咬牙切齿是什么感觉。并不是说她真的恨他——况且，杰克总是努力让自己讨人喜欢——但每当他那样微笑，她就暗自思忖："是啊，当然。而且，他的笑容以后总会给人那种感觉。"因为，她第一次发现这种假笑时也正是她发现杰克有不忠之时，这标志着她所谓的"塔利河黑人"阶段的结束。

那时苏恰巧读了一篇关于塔利河黑人的文章，塔利河黑人属澳大利亚土著居民中的一个小部落，据说是世界上唯一还没弄清性和怀孕间联系的人。他们认为，性是寻欢作乐，如同在自己身上涂抹泥巴或诸如此类，而怀孕是上天赐予的神秘礼物——虽然它可能受抛掷骨头或掏出沙袋鼠内脏的方式影响。真的好神奇，没有别的部落像他们这样。

当然，有关塔利河黑人还另有一说，即，他们完全知道有因必有果，而且明白他们可以欺骗一队队屈尊纡贵的人类学家多久，这些人类学家得知他们令人啼笑皆非的神话后，简直欣喜若狂。由于他们老是问有关天上猎户星座的事，塔利河黑人可受够了，于是干脆无中生有，编了个故事。不管怎样，像绝大部分人们一样，他们宁愿谈论性交而不愿讨论上帝。不过他们的谎言却产生了出奇的效果，此后巧克力和晶体管收音机源源不断地涌入该部落。

苏在想，杰克会喜欢这两个解释中的哪个。比起女人，男人更愤世嫉俗。直到有了如山的铁证，女人们才肯相信。这就是她那"塔利河黑人"阶段的实质，婚后十个月，他们之间的信任就已告结束，虽然那时她得到的出轨证据已不胜枚举。五周之中，他"衬衫失踪"了，"突然对买牙膏感兴趣"了，"从曼彻斯特最后一趟回程火车取消"了，因不允许她阅读杰克一位"粉丝"的来信而和她"玩笑似地扭打成一团"。但这些都不代表什么，直到杰克向她露出上排牙齿，咧嘴笑了太长的一秒，于是所有的细节都串了起来，她就知道他已经和另一个人勾搭上了。她唯一温和缥缈的安慰是，如果塔利河黑人真的很天真，当人类学家们告诉他们性和怀孕的联系时，他们会远比她痛苦恶心许多。

她早早就告诫自己不要皮笑肉不笑。永不过问，伤得就不那么深，然后把它遗忘，直到下一次出轨的出现。所以，对杰克上次有关亨德里克斯夫妇劝诫的话，她懒得去接话茬，例如，问他他的沙发有没有曾经用于比较实际的治疗用途。

答案肯定是否定的，虽然其情形也许不会给她安慰。那一星期，杰克向安献了点殷勤。嗯，她老是以在他看来是鸡毛蒜

174

皮的事儿为托词，不断向他发脾气。难道她没有吗？他知道他们的婚外情已正式败露。但是，与此相比，她的确不断找麻烦，况且格雷厄姆老是手淫，像一家棉纺厂一样，这其实不是他的错，他想，这仅仅是野兽的本性使然。他举了个例子，如果我没有出轨，我不会坦诚面对自己。

所以他尝试过了。嗯，有时这是可以做的唯一一件客客气气的事了，不是吗？安是一位老朋友，她不会误会。更何况，他没有真的惊扰到马匹。只是在她离去时抱着她，比纯粹的朋友更加留心、精准地亲吻她，拉着她离开前门，温柔地领着她到楼梯脚。有意思的是，她也就任他摆布。她会让他搂着她走六码左右，然后才一声不吭地从他怀里挣脱出来，径直走向大门。她没有大喊大叫，没有对他大打出手，甚至看上去没有大惊失色。所以，真的，他想，当他望着苏，洋洋自得地向她微笑时，他就成了个绝对忠诚的丈夫。还有什么好抱怨的呢？

格雷厄姆的度假照片还没印出来，这仅仅使他略微惊讶。有时，当他把胶卷卷到下一张时，突起的旋钮掉到他大拇指上，他就怀疑照相机里面出了故障，但只要旋钮仍可转动，他就尽量往好处想。处理器打印了前八张照片——安坐在农舍里，腿旁拴着只山羊，另半边的农舍机灵地偎依在卡尔卡松护城墙边——然后就罢工了。

尽管安说这些照片都挺有趣，有些甚至还挺有艺术感，但格雷厄姆只是哼了哼，便把它们都扔了。他把底片也一并扔了，事后对此懊恼不已。他发现仅过了五周而已，回忆起度假时光却出乎意料的艰难。他记得那时曾十分快乐，但没有照片证明他去过哪儿度过愉快的时光，仅仅记得这感觉似乎没有什么意义，哪怕是一张模糊重影的照片也好啊。

为什么这事儿会发生？这事儿，加上安的电影和他的杂志？是否在他脑海里，突然开关打开了，使他接收到图像刺激？但对于四十多年来只阅读文字的人，这有可能吗？显然，在某种程度上，这柔软的箱子渐渐开始破败，碎片纷纷掉落，肌肉——如果它们有这种组织的话——变得疲软，不再正常运作了。他可以就这问题询问他的朋友贝利，他是研究老年病学的专家。但在四十多岁，要怎么解释这种感知的转变？当你这样感知事物时，你把你的大脑想成一个你使用过的仪器——输入信息，输出答案。如今，霎时间，你觉得好像是大脑在利用你：在那儿坐直，感受自己悸动的生命，或者当你觉得前途一片光明时扭了扭船舵。如果你的大脑成了你的敌人，怎么办？

第九章

有时候雪茄……

是安提出来他们该搞一场派对。一来，可以让这地方看起来不那么像警察局；二来，就算再短暂，起码也能打破每天晚上的百无聊赖。通常，格雷厄姆在晚餐时借题吐槽，狂饮一通之后，便会悄无声息地遁入书房，安则会坐下来看书、看电视，但其实主要还是在等格雷厄姆下楼来。她觉得自己像是坐在金属书桌前的塑料椅子里，呼吸着已经不太新鲜的烟味，等着那两个人走进门来——温柔的那位一心想着要帮你，而另一位则残忍得无法无天，轻轻拍一下你的肩胛骨都能让你寒彻入骨。

　　差不多一个小时后，格雷厄姆会下楼去厨房。她会听到冰块坠入玻璃杯的声音，有时候是一杯，有时候是两杯。如果是两杯，说明他心情还不错，也就是抑郁得还算和善。这种时候，他会递给她一杯，嘴里嘟囔着：

　　　　在书房和床榻之间，
　　　　酒于我助益良多。

然后他会坐到她身边，陪她看一档糟糕的电视节目，或者喋喋不休自己如何爱她，又或者边看电视边唠叨。她很讨厌他这样说爱她，仿佛又多了个理由让她心怀愧疚。

　　然而，多数时候下楼来的是另一位，手里只拿着一杯酒的那位。他清楚地知道你的罪行是什么，不等听你来说，就直接宣读指控，如同这是最终的判决——这是三天里两天会有的情形——怀着这种情绪，格雷厄姆会狠狠地数落她，一遍遍地列出一串名字来，述说他那些可怕的梦魇：通奸、酷刑、复仇。有时候她会怀疑他是不是真的做了这些梦，还是仅仅为了吓她才编造出来的。

　　即便是碰上这样的夜晚，到最后，他也一定会垮下来。一个小时后，一个半小时后，她已经给自己倒上了杯酒让自己撑下去，他也已经给自己续上了好几杯，在他审完最牵强的私通罪名后，他会瞬间陷入沉默，然后开始抽泣。他垂着头，眼眶里的泪水满起来，然后突然间奔涌而出，顺着鼻梁的两侧和脸颊两侧，一共四道，而不是寻常的两道，显得这伤心也是寻常的两倍。过后，格雷厄姆会告诉她，他发的这些无名火不是冲着她的，而是冲着他自己。他告诉她，他没有理由来指责她，而且他很爱她。

　　安知道他说的是实话，也知道自己永远不会抛弃他，离开他并不能解决任何问题。而且，他们俩都相信他精神正常得很。杰克对安随口提的找心理医生的建议几乎就没怎么讨论过。她觉得要去看心理医生的话，你就得更傲慢些，或更缺乏安全感些，就不能那么普通、那么英国化。这不过是所有婚姻都会经历的众多小病小痛中的一个而已。算是比较严重的一个，这是事实——就像百日咳——但格雷厄姆和安相信他们最终会熬过去。尽管如此，这是一段孤独的历程，最近就连杰克都似乎没有那么乐意为她腾出时间来，尤其是从那次她在他的楼梯口转身离去之后。

因此，在大多数夜晚，安会静静地坐在那里任格雷厄姆大发雷霆，等他发作完，夜深的时候，她会轻轻抚摸他的一侧脑袋，用手绢擦干他的眼泪，然后，她会领着他一起去床上躺下，两个人被悲伤折磨得精疲力竭。他们并排仰面躺着，就像坟墓上的人形雕像。

派对宾客的名单安是仔细筛选过的，这些名单里自然不能有旧情人。但杰克得来，这没什么问题——他们的历史已经被改写了。不能邀请太清楚她过去的人，她决定也不邀请三杯酒下肚就要和她调情的人，她害怕格雷厄姆"故伎重演"。

"我们怎么跟人家说为什么要搞这场派对？"吃午饭时，格雷厄姆问妻子。

"我们不需要，是吧？"

"有人会问。派对嘛，总得有个理由的，不是吗？"

"难道大家不单纯为了举行派对而举行派对吗？"

"我们不可以做得好些吗？"

"好吧，就说是我们的结婚纪念日或者什么。"

午饭后，她接着打扫屋子，她发现这一过程其实就是把最容易让人联想到住在这屋子里的人的线索都清理掉，让它尽可能像一个公共场所。这时候，她觉得自己能够更准确地思索这场派对的目的了。也许就是一种宣告形式，让朋友们知道一切都正常，可事实是除了杰克，没有一个朋友事先就知道或者怀疑情况不太正常，但这并不重要。安开门迎接的第一个客人是杰克。

"告诉我猫咪在哪里，啊，天哪，已经跑了，是吗？"

"你来得早了，杰克。格雷厄姆都还没准备好呢。"

"妈的，我也是。新买的电子表，你看看。真搞不懂这24小时制，我10点出门，就让人家等了两个小时。这次我是过分小心了，14点出发的。"杰克摆出一副这话缺乏说服力的表情。他无论是看上去还是听起来都显得很紧张，"其实，我是想来看看有没有出什么事，这派对是关于啥的？"

"噢，结婚纪念日。"

"那很好啊！"

"是的！"

"嗯，但其实不是，是吧？"

"……？"

"我是说，当时我是在现场的。"

"天哪，杰克，你可是我第一个用这个借口来对付的人，对不起，亲爱的。"

"又要改写历史，呃？"

"嗯……"

"别担心了，我不会多嘴的，什么是美女因素来着？"

"你就不能宽容些吗，杰克？"

"一直想要宽容些，可问题是要对谁宽容。"

"今晚你最好小心点。"

"啊哈，听明白了，不过，我还得表现得自然些，不是吧？"

"你可以先把酒瓶子开了。"

"收到，照办。"杰克头一次看起来这么不安。通常情况下，他是不会失控的。他热情洋溢的情绪也许会有波动，但在自恋这点上却从来都没有失过水准，所以在社交场上这么如鱼得水。他能令其他人很放松，觉得自己不需要同人来谈论自己的事，除非自己想说。

杰克开酒瓶的方式很有男人味，一副好斗的样子。那种依靠气力喷射原理的开瓶器他不要用，他说那是小女人的自行车打气筒，那种套在瓶颈处、可以作为转把的木质新奇装置，他不要用，甚至连侍者用的那种简易开瓶器他也不愿意用，他觉得一根杠杆与拉两下子的技法太娘娘腔了。他只考虑一种简单的、老式的木柄开塞钻。

整场表演分三段。第一段：酒瓶置于餐桌或餐柜上，插入开塞钻，高度及腰；第二段：手拿钻子扬起酒瓶，稳当当地甩至双脚之间；第三段：两脚夹住瓶底，左手扶住瓶颈，就好像发动割草机那样，瓶塞就这样一次性慢慢地给拔了出来。他右臂带着战利品往上提的时候，左臂带着酒瓶保持同步向上但稍滞后些，稳稳地回到原来的高度。杰克觉得这样施放力量，动作可以控制得很优雅。

他在厨房里已经开了六瓶酒，格雷厄姆进来的时候，他正在揭第七瓶瓶颈上的箔纸，他撕箔纸的手法是长长一整条连在一起的，就像苹果皮一样。

"来得正好。"他冲着格雷厄姆大吼了一声，然后就直接开始他的三段式表演。他拔瓶塞的时候，瓶塞弹出来，发出砰的一声，然后紧随着又有一记声响，起初格雷厄姆还以为是回声，但看到杰克正盯着手里的酒，自个儿在那儿乐，他嘟囔了一句：

"失此得彼……"[1]格雷厄姆很好奇他有没有为逗女人而放过屁，可是你没办法问，你不能问女人，因为你问不得，你也不能问杰克，因为已经晚了，因为这个玩笑是冲着他的，不管里面蕴含了什么，总之是靠意会的，不能靠听来的，最能表示你收悉认可的方式就是像他现在这样嘟囔着：

"长命百岁！"

杰克又笑了，他开始觉得放松了些。

接下来的二十分钟一直没有人上门，三个人坐在客厅里，感觉它慢慢地膨胀成了飞机库那么大，然后就像突然被从交通堵塞

---

1 此处原文为It's an ill wind。西方谚语。完整的句子为：It's an ill wind that blows nobody any good，意为：害于此者利于彼，使人人遭殃的风才是恶风。原文中的wind也意指"屁"。

中释放出来，一半的客人都一起来了。要把客人的外套轻轻地搭在床上，要给他们拿东西喝，要介绍他们认识，客人的眼睛则焦急地搜寻着烟缸和看起来像烟缸的东西。半小时后，派对开始自动运作，气氛活跃起来，人们开始反客为主，给主人倒酒，还主动要求给他们拿吃的。

安让杰克帮忙，逼着宾客们打成一片。格雷厄姆转来转去，一只手握着一瓶红酒，一只手端着一杯威士忌。喧闹声越来越大，通常就是这样莫名其妙——这可不是因为来了更多的人，而是就这样顽固地、不受控制地愈演愈烈。

当然，杰克往往是这愈演愈烈的喧闹声的带头人。他站在大概八英尺外，占据了两个模特的注意力，这是安能找来的长相最平庸的模特：体型粗壮，专业是展示郡里的粗花呢服装和双排扣雨衣。但所有的模特都是变色龙，她们不知怎么弄的，看起来很苗条，还青涩得像初入社交场合的少女。杰克正在装模作样表演的时候，发现安正在看自己，就冲她眨了眨眼。其中一个少女转过了头，安点头笑了笑，但没有走过去。

杰克抽着雪茄。"来一根修女的自慰棒。"他通常会哈哈大笑着掏出一包细长的雪茄烟。安不知道他是不是已经说了这句台词，他总是给她洗脑——越是上流社会的女子，越得聊得低俗。有趣的是他分明在抽雪茄，他一定觉得关于香烟的把戏不适合用来对付这些女孩，得换一种更专制的手段。但滑稽的是，杰克就算拿着雪茄也和拿着香烟一样看起来巧言令色，他的形象会轻轻松松地自动调整到位。

安给客人添着酒，慢慢转到了杰克和两个模特边上，她走近的时候听到他正准备演说他很得意的一段套话。

"……但好的雪茄是一阵烟。不过，也只有吉卜林这么认为。你们喜欢吉卜林吗？不知道，还从未被吉卜过。我明白了。不，关于雪茄和女人，吉朴林完全弄错了，不是吗？""那其实应该是弗洛伊德那一套，难道不是吗？"

两个模特面面相觑。

"你们知道弗洛伊德关于这个话题是怎么说的吗？"

她们不知道。弗洛伊德对她们来说只意味着一些很基本的东西：蛇、一切与性爱相关的东西以及其他她们不愿意去想的东西。照她们的猜想，也许是和臀部有关。她们咯咯笑了笑，兴致勃勃地等杰克说下去。他脚跟着地晃着身子，一只手拇指扣在皮马甲背心的口袋里，挑逗地把雪茄上下摆动着，然后长长地吐出一口烟，一副无赖腔调。

"弗洛伊德说，"他又停顿了一下，"有时候雪茄……就只是雪茄。"

这话让两个模特乐开了花，同时又松了口气，她们尖叫着，把喧闹声抬得更高了。安走了过去，杰克拍了拍她的屁股表示欢迎。

"欢迎欢迎，宝贝。"他说得很大声，尽管他就站在她边上，手臂其实就搭在她肩膀上。安别过头面向他，准备讲句悄悄话。他从手臂上感到了她身体的转动，眼角的余光捕捉到了她头部的动作，以为她要吻他，便猛地一偏头，急急忙忙迎上去。安在最后一刻成功地避开了他的嘴唇，但脸颊仍旧被他带着雪茄味的胡须狠狠地扫了一道。

"杰克，"她轻声说，"我觉得手这样可不好。"两个模特听不到她说了些什么，但注意到杰克的手臂在瞬间落了下来，简直就像在拙劣地模仿阅兵场上敏捷利落的标准动作。

"弗洛伊德是……"安微笑着走开了，杰克开始讲他早就准备好的那一套——弗洛伊德对梦的解释或者平淡无奇（"女人走到克劳特街，给自己买了顶黑色的帽子，那老傻瓜收了她5000克朗，告诉她她希望自己丈夫死掉"）或者无从证实、天马行空；找心理医生的人不会比那些任自己疯疯癫癫的人恢复正常的概率更高；单就理解人的学识而言，小说家的方法可古老得多，也高明得多；谁想在他的沙发上躺上一两个小时，接受他的心理咨询，提供他免费的题材，他都表示欢迎；她们可以扮演任何角色，玩任何游戏，随她们喜欢，而他自己最喜欢的游戏（这时候会加一个使坏的眼色）是"剥光杰克"……

安添了几杯酒，活跃了一下房间角落里的沉寂气氛，然后开始找格雷厄姆。她在客厅里没找到他，于是来到了厨房。一进厨房就看到一个流浪汉正在扫荡冰箱。再一瞧，原来是贝利——格雷厄姆研究老年医学的同事。这人虽然有不少钱，但总是试图把自己弄得衣衫褴褛，往往还真的办到了。他一直穿着雨衣，甚至在屋里也不脱下来，稀疏的头发，如果不那么脏的话，可能会有点发白。

"我想我可以煎一些下水料。"他说，用一种财产即偷盗的鄙视眼神往冰箱里看。

"就当在家里一样，"安这句话有点多余，"看见格雷厄姆了吗？"

贝利只是摇了摇头，继续解那些聚乙烯袋子。

也许在解手吧。她等了几分钟，又等了几分钟，万一要排队呢。然后她上楼来到书房，轻轻敲了敲门，转动门把。房间里没开灯。她走了进去，等到眼睛适应屋里的昏暗。不在，他没有躲在这里。她随意扫了眼楼下的花园，客厅的落地窗透出的灯光照亮了园子就近的一片。在这片光明的末端，最暗的那处，格雷厄姆坐在假山上，回望着这幢房子。

她迅速跑下楼，拉上了客厅的窗帘，然后回到厨房。贝利正拿着叉子要把几片半生不熟的鸡肝从煎锅里叉出来。她抓起一个盘子，把锅里的东西倒进盘子，塞到他手里，然后把这个冒牌的乞丐推进客厅，说了句："应酬一下，贝利先生。"

然后她穿过厨房，从边门走了出去。她走近的时候，格雷厄姆正坐在一块大石头上，左脚的鞋子碾着几株南庭芥，两腿间夹着半瓶海格兑和威士忌，微微皱着眉瞪着拉上了窗帘的落地窗。从这里听到的喧闹声，高低起伏都被抚平成了一波稳定的不高不低的声浪。

安感到既心疼，又生气，还从来没有那么生气过。这两种矛盾的情绪最后调和成了一种居中的、专业的语气。

"格雷厄姆，有什么问题吗？还是说就只是喝醉了？"

他避开她的目光，没有立即回答。有时候他觉得生活就是这样构成的：妻子问着哀怨的问题。和芭芭拉十五年这样过下来，遇到安后，他以为这一切都过去了，现在看起来一切又重演了。为什么就不能让他安安静静地待着？

"醉了，是的，"他终于开口了，"就只是醉了？不是，算了没关系。"

"有什么问题？"

"啊哈，问题。问题是看到自己的妻子亲吻朋友，问题是眼睁睁地看到最好的朋友摸着妻子的……后面。"

原来是这个，他刚才站在哪里？但是不管怎样，她为什么不可以让杰克·勒普顿在派对上吻她？她努力保持着护士的语气。

"格雷厄姆，我吻杰克是因为我看到他很高兴，而为了办好这个派对，他可是尽了全力，比目前为止我看到的你尽力多了。他搂着我是因为，是因为他是杰克啊。我把他丢给迪安娜和乔安妮了，他自己混得可好了。"

"啊哈，对不起，都是我的错。为这场派对做得不够。杰克帮忙了。杰克帮了就可以拍我妻子的屁股。一定得更卖力。老杰克真乖，真是开心果。有问题吗？"他对着酒瓶说，"没有问题。问题没了，妻子吻了帮忙的人。问题没了，全没了。"

安不确定自己还能不能压住怒火。她拿起酒瓶，转身朝屋子走去，把瓶子里的酒一路洒尽在草地上。她关上后门，上了锁。她再次出现在客厅里时，两只手各拿了一瓶酒，以此来解释她消失的理由。她说格雷厄姆喝高了，已经在楼上睡了，这里一句，那里一句，慢慢地消息就传遍了，然后人们就带着静默的微笑开始告辞。杰克临了使了个手段，成功地把迪安娜和乔安妮分开，最后也和她们一起走了。

当格雷厄姆用钉耙砸落地窗的时候，房间里就只剩下了三个客人。一开始，耙子的头一滑，从玻璃上擦了过去，于是，他把头掉了过来，用柄砸碎了玻璃，然后，有条不紊地把松动的玻璃碎片敲掉，直到砸出一个足够大的洞，能让他俯身钻过去。他把耙子往草地上一抛，就像扔标枪那样——投出去，保持方向，旋转，最后平平地砸在地上——他推开面前的窗帘，爬回了他的家。他钻出来后，在灯光下眨了眨眼睛，看到眼前站着他妻子、同事贝利和一对年轻夫妇，他不记得自己见过这对夫妇。男的举着一个瓶子，以为闯进来的是一名疯狂的盗贼，他举在手上的可是满满的一瓶酒。

"小心！两英镑二十五便士，那东西。如果非要砸，你就用白的那种。"然后他摇摇晃晃地走到一张扶手椅边，坐了下来，这时候，他意识到也许应该解释一下自己刚才的举动。"哈，"他说，"被关在门外了。抱歉，抱歉，我没带钥匙。"

安把客人送到了前门，解释了一遍工作过度劳累、操心晚上的派对、酒喝多了、女儿身体不太好（她编出来的）之类的理由。在屋外的过道上，贝利转过身，很认真地看着她，然后像主教赐福一样，对着她宣布：

"不把事情混在一起，就不会有烦恼。"

"这是很明智的想法，贝利。我会转告他的。"

她回到屋内，拿了些透明胶带和报纸，把窗子的洞掩上了，然后给自己倒了好大一杯威士忌，坐到格雷厄姆的对面，喝下去一大口。他看起来很平静，几乎可以算是清醒的。也许他从窗子进来的时候，有点在装样子，装作比实际更醉的样子，不至于让她太为难。如果真是这样，这种体贴方式也太奇怪了。

因果真是太奇怪了，她想。杰克拍了我的屁股，格雷厄姆就挥钉耙掷穿了窗户。这算哪门子合乎逻辑的反应？或者再来看看更大些的关联：几年前，我过得很正常也很不错，那时候我还不认识他，而现在恰恰因为这样，我那一般会很正常也很不错的丈夫变成了疯子。

她试图提醒自己格雷厄姆本质上是好的。她所有的朋友都认同这点，尤其是那些女性朋友。他很温柔，很聪明，他不像其他男人那样趾高气扬、沾沾自喜、爱欺负人，这都是她那些朋友说的，在这一刻之前，安还会很高兴地认同这些话。渐渐地，格雷厄姆已经不再像从前那样与众不同了。她不觉得他还对她有兴趣。他已经变成了和其他男人没什么两样：大惊小怪地关照着自己的情绪，同时越来越无视另一半的情绪，他已经变回一个大众化的男人了。

他是多么冷酷无情地设法让自己站到了舞台的中央。她明白弱者的威力，这是她从男女关系中得到的第一个发现。她还慢慢地发现了好人的威力：善良的人能逼出恶人的忠诚。现在格雷厄姆在教她一个新课题：被动的人的威力，也就是他正在施展的这种威力，她真的已经受够了。

"格雷厄姆，"这是他从窗口进来后，她和他说的第一句话，"你去过妓院没有？"

他看着她。她什么意思？他当然没去过妓院。"妓院"这个词都泛着一股霉臭味。他都有好些年没听到过它了。这让他想起了学生时代，他和他的朋友们——当时都还是处男——会公开地用一句"妓院里见"愉快地互道晚安。作为回应，你会回吼一句："麦茜那里还是戴西那里？"

"我当然没去过。"

"好，你知道她们以前在妓院里都干些什么吗？我从一篇文章里看来的。"安又灌了一大口酒，把这介绍的过程拖长让她感到了一丝近似施虐的味道。格雷厄姆没有回答，他把眼镜往一侧推了推，等她开口。

"在妓院里，她们过去干的勾当——我这么问你，是因为如果她们现在还这么干，你就可以知道了——就是，有时候，对那些年轻的女孩，她们会弄一小袋血，通常是鸡血吧，我觉得，但这个无关紧要。重要的是，这个袋子得用很薄的材料来做。现在，她们大概会用聚乙烯。不，我觉得她们不会。我的意思是，聚乙烯其实很结实，不是吗？"

格雷厄姆继续等她说下去。他的脑子已经很清醒了，但是手臂还是很痛。

"女孩子会自己把它放好，然后其他女人就来帮忙。我觉得应该是用普通的蜡烛油把她封起来，这样就可以把她当处女来卖了。如果她看起来太老，她们就会说她一直在修道院里，刚刚才出来——有时候，她们会把她打扮成修女，这对那些男人来说就更刺激了。嫖客会自己把蜡烛油捅穿——我敢说在高档的妓院里他们用的是蜂蜡——女孩子就装痛大叫一声，身体一缩，双腿一夹，袋子就破了，然后呜呜地哭一会儿，嘟嘟囔囔讲一通废话，让男人觉得自己很威猛、很有征服力，但最关键的是让他觉得自己是她的第一个男人。然后他就会很大方地多给一大笔打赏，因为他已经留下了不可磨灭的记号，这是他一直攒钱想要买的，他已经得到了，女孩也没有因此精神失常。"

格雷厄姆觉得，不管要来的是什么，都是他活该自找的。

"当然，这得花更多钱，因为鸡血会把床单弄脏，反正他们要出更多的钱，给处女的，我猜妓院和洗衣店有低价合约。她们肯定要用很多床单，不是吗？"

格雷厄姆继续保持沉默，他的这种沉默原本是为了表达他理解安想要攻击他，但这在安看起来却十分窝囊。这个词老是轻悄悄地潜进她的大脑，他妈的，真窝囊，她想。

"我很好奇洗衣店是不是知道他们在和妓院做生意。我的意思是，你觉得他们多加些漂白剂吗？他们会说，妓院的床单到了——把洗涤剂搬出来，你觉得他们会这么说吗，格雷厄姆？我只是要你猜一猜，你觉得他们是那样做的吗？还是说他们把妓院的床单当成平常人的一样处理？大批一起洗，不管上面沾了些什么吗？"

安站起身，走到格雷厄姆的椅子跟前。他垂着头，他终于开口了。

"是的？"

"什么是的？我问了你一堆问题。你大发善心回答了哪个问题？你有没有去过妓院，是这个问题吗？"

"不。我只是说，这是什么意思？"

"这是什么意思？呵呵，这是什么意思？好，我很高兴你发现了这是个问题。好吧，格雷厄姆，我的意思是也许你该马上买只鸡来当晚餐。不是那种洗得发白的鸡，冲洗得彻彻底底的，毛刮得干干净净的，注射了东西让它尝起来像鸡肉，不是这种，而是真正的鸡，你知道吗？母鸡，有羽毛和爪子的，头顶上还有红红的东西。你可以把它剁了，我们把血放出来，然后可以一起化一些蜡烛油，某天晚上，一个特别的夜晚，我可以当你的处女，格雷厄姆。你喜欢那样，不是吗？"

他没说话，继续垂着头。安盯着他的头顶。

"我可以当你的处女。"她又说了一遍。

格雷厄姆没有动。她伸手去摸他的头发。他身子一缩，把头

194

别开了。她又说了一遍，语调柔和了一些：

"我可以当你的处女。"

格雷厄姆慢慢站起来，灵活地绕过妻子，摆动着避开她的身体，尤其是她的目光，接着避开咖啡桌。他一直盯着地毯，直到安全抵达门边，然后加快脚步迅速上了楼。他锁上书房的门，坐了下来。他一个晚上都没有进房间睡觉。他就坐在椅子上，回想着从甜蜜时刻开始以来发生的一切。为什么你要知道？你就不能不知道吗？想起昨天，他暗自呜咽。大概四点钟的时候，他终于睡了过去。那样的夜晚是不可能做梦的。

第十章

斯坦利·斯宾塞综合征

几年前，格雷厄姆读到过一部很红的通俗动物学著作。那时候每个人都会提到这部书，某些人甚至还有所涉猎。那本书的第一部分论证了男人与很多动物很相似，第二部分又论证了男人与动物差别很大。它先让你感到一种对返祖现象的恐惧，然后再安慰你一下。这书卖出了数百万册，格雷厄姆想起书中的一个细节：男人不仅拥有灵长目动物最大的脑子，还拥有最大的阴茎。当时，他觉得很困惑，这理论根本站不住脚。当时，他每日在芭芭拉的网和三齿鱼叉下受着折磨，像只螃蟹小心翼翼地想要躲开她的纠缠，却总是被绊倒在沙地里。现在，这看起来是有道理的。一只大猩猩长了个小鸡鸡，这不再是矛盾的了，格雷厄姆最瘦小的学生都能把它比下去。它的大小与技能、欲望都无关，只与受到的威胁有关。它挂在两腿之间，像个警告：别以为我不会回咬你一口。

　　一方面，当然啦，性爱根本不重要，尤其是发生在过去的性爱，历史里的性爱。另一方面，它又极端重要，比其他任何东西加在一起都重要。格雷厄姆觉得现状不会有什么变化。这是多年以前就注定的，放在他的大脑里，都没和他商量。过去一切令人沮丧的历史、他的出身、父母的结合、父母给他灌注的全新的基因组合注定了这样的结果，他们把这套基因塞给他，让他自己看着办。

杰克嘛，不用说了，他的待遇可好得多。格雷厄姆以前觉得他的这个朋友凡事比他放得开只是因为他经历得多，养成了玩世不恭的态度。现在他不相信这一套了：规则早就被确定下来了。比如杰克的"停车罚单原则"，格雷厄姆无论活多久、无论多么疯狂，都接受不了那样的想法。有一次，杰克在论述他的"最大的善意在于最大限度的隐瞒"理论时，格雷厄姆打断了他：

"但是你确实被抓到过吧？"

"没有——实在太谨慎了。我可玩不了一起躲进壁橱这种把戏。那纯粹是给孩子们玩的，以我这个年纪，心脏受不了。"

"我的意思是，有时候苏总会觉察到什么吧，是不是？"

"是会有点儿。有时候我会忘了把衬衣下摆塞好。"

"那你怎么办？你怎么和她说？"

"用停车罚单原则。"

"嗯？"

"还记得停车咪表刚时兴的时候吗？最新的技术——罚单用计算机来处理，记得吗？我一朋友有一次很偶然地发现你可以任那些罚单积着，只把最新的那张交了，计算机就会自动把以前的那些记录都清理掉。这就是停车罚单原则，告诉她们最近发生的那件事，她们的小脑袋瓜就不会再去操心之前的那些了。"

他说这话的时候不是带着嘲弄、轻蔑的语气，而是透着一种听起来像是对他愚弄的对象明明白白的怜爱之情。事情就是这样，他就是这样，格雷厄姆永远都不可能这样。

格雷厄姆一直在寻找的有力证据终于简单明了地呈现了出来。他坐在霍洛韦大道的奥汀影院里，这已经是这个星期第三遍看他妻子与托尼·拉加齐在《撞财运的傻瓜》大银幕上通奸。拉加齐扮演一个普通的意大利手推车货郎，周末喜欢用金属探测器在伦敦周围各郡的农地上四处搜寻。有一天，他发现了一批埋在地下的古钱币，从此改变了命运。他放弃了手推车和信仰的宗教，买了金银丝衣物，试图改掉滑稽的意大利口音，他与他的家人和未婚妻的关系也日渐疏远。他在泡夜店的时候，遇到了格雷厄姆的妻子并与她发生了关系，他完全不顾父母的警告：

"她只是想要榨干你的钱，孩子，"他父亲边劝说着，边用叉子把意大利面一口口地送进嘴里，"然后，她会把你像只破鞋一样丢掉。"

然而托尼沉浸在热恋之中无法自拔，他送给安贵重的礼物，这些礼物她装作很喜欢，却转头就卖掉。当他打算把所有的古币都换成钱，永远离开家乡的时候，他家里来了两个人：一个是警察，他说这些古币是失窃的财物，还有一个人是安的老母亲，她无私地告诉他们自己的女儿是一个铁石心肠的女人，专钓男人，她到处宣扬自己在搜刮一个单纯的意大利青年。托尼非常伤心，但总算变理智了，他回到家人与未婚妻身边，又操持起了他的手推车。在影片最后的一幕，托尼和他的未婚妻一起砸烂了金属探测仪（格雷厄姆觉得这很像是亚当和夏娃把那条蛇给剁了），电影院大厅里响起了掌声和欢呼声，这里坐着的绝大多数是意大利人。

这些观众从影片中吸取了一个道德上的教训，而格雷厄姆则获得了一个很实用的想法。在某一刻，拉加齐蹲在近来开始珠光宝气的安身边，嫉妒地看着烛光窥探着她的乳沟，这个一时间离经叛道的货郎轻声说道：

"安吉莉卡（这不是她的真名，而是她用来行骗的假名），安吉莉卡，我给你写了一首诗，就像我的同胞但丁那样，他有他的比阿特丽斯（他念这个名字就像念他最喜欢的意大利面食），我也有我的安吉莉卡。"

逮到你了，格雷厄姆走出影院的时候这样想着。如果奸情是从1970年、1971年开始的，那就意味着可能有五本书可以去发掘线索。杰克不可能在这些书里一直都秘而不宣。首先，他不是一个很有想象力的作家，如果他想要在一幕短剧中安置一名公交车售票员，他不自己去搭载一下车子就编不出来。出现在他书里的售票员会经过细微的改动——跛了一条腿，姜黄色的八字须——这令杰克觉得像柯尔律治。

其次，杰克作为一名作家，他那多愁善感的天性令他卖力地大发溢美之辞以抵偿他的风流情债。这一特点在杰克代替别人做戏剧评论员的那六个月里被他以权谋私的性格展现得淋漓尽致。

"比如说你不得不去海默斯密斯或者佩卡姆或者其他什么地方看场非主流的话剧，"这位小说家说道，"你脱不了身了的，因为你的编辑很喜欢扯什么民主，你得装作你也认同。你把你那旧的扁酒瓶装进包里，准备迎接很多让你尴尬的时刻，他们指望靠这为期三个星期的演出改变社会的面貌。你一屁股坐在民主的、让人人都叫苦的椅子里，顶多三分钟后，你的脑袋瓜开始咆哮：'让我出去。'你熬得很难受。当然，你去那里是拿了钱的，但这不够，就是不够。于是你就挑出戏里最漂亮的女人，确定她是'一个新发现'。你先来一段哭哭啼啼的开场白，夸夸自己去了多尔斯顿矿车库剧院，接着你就吐槽一通那部戏，然后你就说，'但这一晚上得到了补偿，我看到了一幕令人惊艳的纯粹的表演，极致的美和感动，扮演第三个织布工的达芙妮·欧塔轻抚着她的机器，就如同它是她心爱的宠物——这在那个惨淡的时代倒是有可能的。她的动作和她奇怪又恍惚的眼神超越了尘垢，超越了我们备受磨难的祖先所承受的繁重劳役，这一刻，连最愤世嫉俗的观众也被打动了，它就像一道破云而出的彩虹悬在这部戏阴沉的上空。

"注意啊，我可没有说欧塔小姐的胸长得好看或者有一张米洛的维纳斯的漂亮脸蛋。编辑会抱怨的，更别说是这个女孩了。这样，编辑就会说，'嗨，那我们就给这小妞拍张照片吧'，然后就派出一名摄影师。女孩想着：'这是我的重大突破——受到这样的肯定，还丝毫没提到我的胸。'于是照片出来后的第二天，你就打电话给这还在上演的无聊剧的剧组，让这个迪莉斯·欧玛接电话，告诉她你要过去，因为你必须再看一遍她超越世俗的表演，之后可以一起去喝一杯超越世俗的酒。然后你就去了，不是每次都行得通，但往往都有效。"

这就是杰克用溢美之辞"进贡"的最直白的形式。但他也喜欢在一些较严肃的文章里装饰些他叫作"致敬和嘲笑"的细节。致敬是对朋友和英雄暗暗的赞美，嘲笑是对他讨厌的人的贬损。杰克坚持称，这让写作更加有趣。"当你觉得自己在一天里挖出了足够的真相，这会让你有额外的动力。"

格雷厄姆在安的书架前跪下来，上面有十部杰克·勒普顿的作品。有五部他不需要，另外五部，从《冲出黑暗》开始，他都拿了下来。为了挡住腾出来的空位，他把一边的多丽丝·莱辛、另一边的艾莉森·卢里推了上去，然后又拿了几本他自己的玛丽·麦卡锡塞到架子上。这样看起来就没问题了。

他拿着五本小说上楼钻进了书房。他成年之后就没有像现在这样去快速地浏览一本书。青少年时期，他曾在书里寻找关于性的描述：毕竟，当你从父母那里和百科全书里找不到你想要的答案时，你只能从小说里找。老练的眼睛能够从大段文字中捕捉"胸罩""胸"和"阴部"这样的字眼，就好像这些文字是用粗体印刷的。这一次，可没有明显的关键词可以找。

谢天谢地，他不用费劲去看杰克的前面五本书了。前面的三本——《我在林肯郡的偷猎时光》被杰克带着自嘲、谦虚地归类为是背负着按他的说法"把我的家庭搬到书架上这一任务"写出来的书。接下来是三本"性与政治冲突小说",这套书的最后一本格雷厄姆得翻一翻。再就是这最近的四部了,在这四本书中,让之前的六本书精彩纷呈的那些主题——关于社交的、政治的、性的追求和过失——已经消失殆尽,所有的角色都带着一种玩世不恭的态度,无所谓谁对谁做了什么,事情最后变好还是变坏。这些书越来越像给予放荡不羁的文本性格的程式化风俗喜剧。格雷厄姆希望杰克不久后会变成一个现代弗班克,这不仅是对这个名声庸俗的作家一场干脆利落的报复,而且不会有人再愿意看,也不会有人再愿意出版这个叫作勒普顿的人的书了。到那时候,他已经在自己的习惯里泡得太久,以至于都没办法做出改变了。

最后一本关于政治—性爱主题的小说《冲出黑暗》,于1971年出版。在这本书中,格雷厄姆记得,杰克稍稍伪装,摇身一变成了一个蓄着胡须的副部长,在大选临近之际和莎拉——一位迷人的议会新闻的采访记者——有了私情。他与家里那位能干的家庭主妇的十年婚姻也开始变质。不久,妻子发现了他的外遇,开始要挟他:要么离开那女孩,要么我就把你的丑事曝光给报社,让你不仅保不住边缘席位[1],还失去孩子的抚养权。"杰克"打算对抗传统,把他的事公开,摆到选民面前,让离婚法庭来审理,

---

1 边缘席位,指仅以微弱多数取胜因而不稳固的议员席位。

这时莎拉无私地为党（不过很具讽刺意味的是，这个党根本不是她的党）和孩子（同样具有讽刺意味，因为"杰克"让她怀上孩子，她却不告诉他，还打算悄悄地把孩子做掉）据理力争。"杰克"终于被说服，他同意有些时候内心的召唤必须屈从于原则。当莎拉英勇地把党在大选后打算推行的社会保障削减计划透露给他时，他想到了工人家庭的困境，他们需要他继续留在下一届的议会里，最后，他承认她的决定是正确的。他们在分手前，做了最后一次爱：

> 乔克（杰克在这个小说里的名字）急切地抓住了她，手上用了不少力。他既可以表现得凶狠而专制，也可以轻柔又温和。这一次他凶狠而专制。莎拉熟悉这两种模式下的他，无论哪种模式她都爱他。他压到了她身上，她深吸了一口他胡须散发出来的烟味，这是一种粗犷的雄性气味。这味道让她兴奋起来。她已经受够了那些多愁善感的、胡子刮得干干净净的精致小男人——看起来与其像个男人，倒不如说更像是娘们儿。
>
> "乔克。"她低声提出抗议，杰克的手正粗暴地把她的裙子往上推。
>
> "嗯，"他急切地应答着，同时带着命令，"这里，现在。"
>
> 于是，就在那里，就在沙发上，他粗暴地抓着她。

他不能忍受反抗，他发现他专横的欲望得到了回应：她兴奋了。他亲吻她左边脖颈上的小痣，她起身迎向他。然后他们缠绵在一起，仍旧穿着棕色粗花呢西装，这身衣服是用他的选区出产的布料做的。他用力把她抬起来，两个人一起冲向了前所未有的高空——远远地离开地面，穿破云层，那里有太阳，那里的天空永远湛蓝如洗。在这狂喜的巅峰，他就像一头受伤的野兽大吼了一声，一小滴眼泪从她的右眼滚落。

"乔克，"她轻声说，"再也不会有别的……"

"不，"他回答，带着温柔的霸道，"会有的……"

"不会。"她近乎痛苦地大叫。

"不是现在，"他安慰她，"不是马上。但总有那么一天，会有别的人出现。我也希望那样。我仍旧会在那里，在某个地方，祝福你。"

她的最后一番抗议被他平息了下去。他保持着原样，伸手掏出上衣口袋里的烟，递给她一支。她心不在焉地把没有装过滤嘴的一头叼在嘴上，等他来点。他轻轻地把烟摘了下来，掉了个头。她总是这样……当他在点那个正过来后的烟头时，发现上面有一点口红印——他想，这是在他们激烈的热吻之后残留下来的最后一抹充满忧伤的印迹。

第367页和368页，格雷厄姆把这两页撕了下来，这样的线索可不能错过。眼中的泪水——这发生好几次了，抬起臀部——对了，然而关键是那颗痣——即使他把位置从右肩换到了脖颈左侧（这就是杰克所谓的想象力）。就算痣不是有力的证据，还有香烟呢。安经常反叼着香烟。格雷厄姆还没有发现他们做爱后她这样做过，但在社交场合慌乱的时候她就这样出过错。难道不是杰克刚好撞见了一次？难道就没有他们两人分享的笑话而他是听不懂的？他不太记得了。

他把《冲出黑暗》刚刚发现的那一段前后又各翻了大概一百来页，把其他提到安和杰克的奸情的章节都撕了下来。他可以放在一起慢慢看。然后他把注意力转向了勒普顿的最后四本小说。其实是中篇小说——新弗班克时期的开始，格雷厄姆兴奋地自言自语重复道。对此，杰克可有不同的说法。

"本来是属于乐购流派的小说，"他曾经这么说，"你知道的：垒得高高的，卖得贱贱的。我想着如果让人们来选，掏四英镑买一本200页的、装腔作势的时髦读物，还是掏五英镑买一本400页的、我的带劲的读物？他们会很清楚哪一个更实惠。我当然是对的，他们确实情愿买我的书。但在我出了六次血之后，我想，嗨，我这不是在跟自己过不去吗？我的厚了一倍，那我是不是可以多收一倍的版税啊？然后我看到那些小家伙们只写某个专题，我想，杰克，这个你可以做啊，还能空出一只手来，做些什么其他的事。于是我就去做了，你知道，我开始明白这个简约主义的意义了。它对懒鬼比较适用，屁股没那么受罪，就是这样。"

在新弗班克时期，杰克的致敬和嘲笑风格还是被沿袭下来。安的一句话，她的胸部的描述，做爱时候的习惯，衣服。格雷厄姆翻出来的证据越多，就越容易发现更多的证据。他带着批判的眼光搜寻着，兴奋得好像忘记了他在找的东西的真正含义。

也只是在后来，当他收集起撕下来的、加起来有勒普顿后期作品一半长度的证据时，他才停下来思考了一下。然后，他开始读这些收集起来的关于杰克—安出轨的证据，他看到安的身体朝杰克拱起来，杰克把他的臭烘烘的胡子扎在安的脸上，错误地以为尼古丁的陈味能催发性欲（这不可能，格雷厄姆坚持认为这不可能），这时候麻醉剂消退了，疼痛又回来了。他坐在地板上，身边一堆撕下来的书页，他一只手按着胃，另一只手捂着胸，身体猛地向前一晃，然后侧向一滑，翻了个身，蜷成了胎儿的姿态：他双手塞在两条大腿中间，躺在地板上，就像一个生了病的孩子。他闭上眼睛，努力去想一些其他的事、外界的事、高兴的事，就像他小时候那样。他想起了一场村板球赛，就这样想着，直到观众变成了观看足球赛的人群，嘴里喊着"洗车，洗车"。他想起了国外，直到班尼在去阿雷佐的路上开车经过，满不在乎地从他的银色保时捷车窗里丢出一条女裤。他想起在上一堂关于邦纳·劳的课，直到他的学生全体举手，要求投身电影行业；最后，他想起了小时候，在安、杰克、芭芭拉出现之前，只有父母需要他安抚的那段时光，在背叛出现之前的那些年，那时只有专制和顺从。他努力地把那段时间的记忆固定住，然后慢慢地遁入其中，确定自己被包裹在这样的记忆里，耳朵埋进去，然后就睡着了。

接下来的几天里，格雷厄姆一遍遍地读《冲出黑暗》和之后的书里的段落。不会有错的，杰克和安的奸情开始于1971年，他刚认识安的时候，他和安结婚后，这两人还一直维持着关系。《火烫的必然性》《熄灭的激情》和《怒火、怒火》里面有关键的证据。如果他给出版社六个月——最多一年——的时间来出书，这就表示《熄灭的激情》里的段落是在他们结婚后的第一年写的。在这本书里，杰克也稍稍作了伪装，他在里面的角色曾经当过轰炸机飞行员，后来做了面部整形手术，和"安"有着一段治愈他伤痛的恋情，"安"是一名苏格兰护士，有一颗痣，这一次它长对了地方。那时候他们都没有收敛不忠勾当，格雷厄姆这样想着，那时候都没有。

大约一个星期后，格雷厄姆打电话给乡下的苏，如果杰克接电话，他就打算说是打错了。

"苏，我是格雷厄姆。"

"格雷厄姆……噢，格雷厄姆。"听口气，似乎她猜对了是哪个格雷厄姆，松了口气，而不是高兴，"杰克在伦敦。"

"是的，我知道，我想和你谈谈。"

"说吧。我也不太忙。"她听起来还是不太热情。

"我们能见一见吗，苏？找一天在伦敦？"

"格雷厄姆……嗯……什么事？"

"我现在还不想说。"

"只要不是你觉得我应该知道的事，只要不是你觉得你知道什么才是对我好的。"

"不是那样的。这事有点……好吧，关系到你和我……"他听上去很严肃。

"格雷厄姆，我不知道你在意，那宜早不宜晚。"她咯咯笑了笑，有点一惊一乍，"我来看看我的日程。是的，就像我想的那样。我从现在起接下来的十年间任何一天都可以。"

他们敲定了一个星期后的一天。

"哦，苏……"

"怎么了？"

"你会不会觉得奇怪，如果我说……如果我说我希望你别告诉杰克我们要一起吃饭。"

"他有他自己的生活，"她厉声说道，"我有我的。"

"当然。"

她可以说得再明白些吗？格雷厄姆带着疑惑挂上了电话。是的，我猜她可以再清楚一点，但就算这样……尤其是当他破天荒地突然打电话给她。他有一年多没有见她了，反正，他也不太喜欢她，是不是？在他看来，朋友们口中自然的生气活力倒不如说更像是无的放矢的咄咄逼人。

转眼到了下一个星期，他坐在塔尔德利餐厅孤零零地塞在拐角处的一张桌子旁，喝着一杯调了苏打水的意大利开胃酒，脑子里思考着想要得到最后的确证，怎样做才是最好的。他不能直接提要求，那是一定的。

"格雷厄姆，亲爱的，偷情专用桌——你之前可是认真的。"

"什么？"

"你的意思是你不知道？"她依然探出脸冲着他。他微微直起身来，踢到了一条桌腿，他的嘴唇在她的脸颊上碰了一下。他们之前也是亲来亲去的关系吗？他不确定。

"我向他们要了张安静的桌子，"他答道，"我说我们想安静地享用午餐，不想被打扰。"

"所以你不知道这是公认的偷情男女专用的桌子？"

"不知道，真的。"

"太让人失望了。"

"但没有人能看见你在这里。"

"问题就在这儿。人们看不到你，但要走过来或者上厕所什么的，你就得向整个餐厅的人展示自己。这是众所周知的，亲爱的——也许不是在你的圈子里，但在我们的圈子里绝对就是这样。"

"你的意思是有人特意坐在这里？"

"当然。这比在《泰晤士报》登个启事要有意思得多。小心翼翼地昭告天下，我一直觉得这种表现形式太妙了。你公开一段不正常的关系，但装给自己看你还遮遮掩掩地不想让人知道。这样的话，负罪感是轻了，但消息却传开了。这办法太赞了，我觉得很奇怪，为什么没在更多的餐厅安排这样的桌子？"

"这里可能会有你认识的人吗？"格雷厄姆不确定该表现得高兴还是担心。

"谁知道？别担心，亲爱的，如果他们假装找人，突然在这拐角处蹦出来，我会帮你搞定的。"她拍了拍他的手臂安慰道。

之后，格雷厄姆感到只有一种办法能让这顿饭吃下去。他装出一副羞答答的调情的样子，壮着胆偶尔轻轻碰一下她，极不老到地被发现他正在偷瞄她。尽管心不在焉，但他还是很友好地认同了别人的看法——她是一个漂亮的女人，然而他内心并没有认真地面对这一点。

既然格雷厄姆好像不是来讨论她丈夫的不忠行为的，那就让苏来跟他说这事吧。既然他不是带着要么在今天解决要么就忘掉的紧迫感来完成他的任务，她就像个模拟器一样，说着她自己偶尔的风流韵事，说着在乡下想和别人相好不被发现有多困难，说着她作为一个城里人害怕乡下人的报复，害怕干草叉、打包机以及饲料仓。当他们喝完了第二瓶酒，正在等着上咖啡时，苏的语调在顷刻之间变硬了。

"你知道我怎么形容杰克混日子的方式吗？我把它叫作斯坦利·斯宾塞综合征，知道那是什么吗？"

格雷厄姆表示他不知道。

"我是杰克的第二任妻子的这个事实让这个说法更合适了。"她点上了一支烟，"斯坦利·斯宾塞第二次结婚的时候，你知道新婚之夜发生了什么吗？"

"不知道。"

"他把他的新婚妻子先打发去蜜月旅行了，就像一个先托运过去的行李，回到家，去和他的第一任妻子乱搞。"

"但是……"

"不，不，等等，先别急。然后他出发去找他的第二任妻子，让她坐在沙滩上，向她解释艺术家有超乎常人的性需求，他提出要养两个妻子。那是艺术要求的，艺术至上嘛。冷血的矮冬瓜。"她接着说道，就如同斯宾塞是她丈夫的酒友，"那就是杰克的毛病，或多或少。他很聪明，所以不至于会那样说，但内心深处他就是这么认为的。有时候我在家里站在他写的那排书面前，我就在想要乱搞多少次才能成就了那一本。"

"好吧，你知道巴尔扎克说过'又出了一部小说'。"格雷厄姆感到有点不安，不确定这句话是令人安心的还是有反面的含义。

"然后我就再看了一眼这些书，想着杰克这些年一直在寻欢作乐，然后我想，我并不是真的很在意，第一次受伤后就不那么在意了，毕竟我自己也找了些乐子，但看着他书架上的十本小说，真正让我厌恶的，真正无法原谅他的是那些书并没有好到哪里去。有时候我很想对他说，'听着，杰克，你可以忘了那些书，忘了算了。它们并没有那么好。放弃吧，别写了，专心搞女人，这个你可在行多了。'"

格雷厄姆想起了从《怒火、怒火》《熄灭的激情》和《冲出黑暗》里撕下的那些章节，然后他就把认真准备好的话说出来了。

"苏，我希望你不要误解我，我觉得最好来……来……"他故意结巴了一下，"和你吃顿午饭，来看看你，因为我们已经有一阵子没联系了，我一直在想我们，我，见你太少了。我不希望你以为我有什么动机，或者要复仇还是什么的。"她看上去很疑惑，他赶紧继续说，"我的意思是，我们都知道杰克和安过去是怎么回事，那也不算意外，反正，如果他们不是，嗯，恋人，我也不可能会遇到她，所以我想在某种程度上，我甚至还有点感激。"格雷厄姆觉得自己这种带着懦弱的诚实表演得很顺利，接下来是棘手的部分了。

"但我还是很吃惊，我得承认，当我发现他们其实从来没有停止过交往。这对我打击很大，我六个月前才发现。除了安那边，我还有种被朋友背叛的感觉，所有那些情绪，大家都说是已经过时了。杰克让我难过了一阵，但我想在某种意义上这也帮我更理解了安的……需要。我想如果我当初打电话找你，你会怀疑我的目的。但是，嗯，那个小插曲已经过去了，我已经让自己接受了，然后当我想到如果能再见见你该多好，我就自己反省了一下动机，发现都没问题，我这才拿起了电话。然后……我们就在这里了，我想你可以这么说吧。"

格雷厄姆垂眼看着他喝空了的咖啡杯。他对最后部分很满意，小心翼翼又软弱无力。同时推行两种不同的风格是个很好的主意。当他还在想自己敢不敢抬头看时，苏靠了过来，把一只手放在了他的小臂上。他抬起头，迎着他的是一张灿烂的笑脸。

"我想你可以吧。"她喜欢他羞怯的样子。她再次冲他露出了鼓励的笑容，心里一直在骂着：浑蛋，浑蛋，他妈的斯坦利·斯宾塞·杰克浑蛋。为什么她就没有往这方面想过？杰克从来没有真的放弃过他的旧情人。也许他觉得如果他不操她们，她们就不会再买他的书。但她压制着自己的情绪，不能让格雷厄姆看出来她很难过，不能让他看出来她不知情，不能让他知道这一次单凭星期五晚上的假笑是抚慰不了她了。别浪费机会，丫头，别溅起水来哟，这条鱼得慢慢地收线。

"也许我应该早点告诉你的，"她继续说，"但恐怕我一直是照癌症原则在做事。如果他们不问，你就不告诉他们；如果他们问起来，但其实想得到否定的答案，你就给他们否定的答案。我很抱歉你得从其他途径了解这事，格雷厄姆。"

他恍惚地笑着，想着自己欺瞒的把戏。她悲怜地笑着，想着自己的。苏觉得出于报复把格雷厄姆给睡了可能会对健康有好处。

"我希望你别觉得我很老派，"他说，继续他的表演，"但我大概一个小时后还得去上一堂课。我们，我们下周还能再见面吗？"

苏觉得他不自以为是的态度很吸引人。男人们有时候会用到的那些糟糕的台词，比如"把下午空出来""我现在是单身"，像这种话他一句也没说。她探过身去，吻在了他的嘴唇上，他显得很惊讶。

"这就是偷情专用桌的好处。"她兴冲冲地说。她很满意整个午餐时段他都没有试着摸她或者尝试其他的举动。她希望这种被动不要太过。无论如何，这都是一个很不错的变化。杰克的话，这时候早已经钻到桌子底下了，胡子蹭着某个容易上钩的小骚货的大腿内侧，带起一阵像皮疹一样剃刀刮过的灼热感。格雷厄姆上床的时候会把眼镜摘掉吗？

他们在餐厅外面吻别，苏已经想着下个星期同一个时间、同一个地点，以及之后可能发生的事。格雷厄姆也在想着之后的事，但和她想的迥然不同。

第十一章
马和鳄鱼

只是皮下杂碎而已，格雷厄姆发现自己在驾车去雷普顿街的一路上一直在低声重复这句话。只是皮下杂碎而已，好吧，也不全是，但这次冒上来的是杂碎。他花了四十年时间跟它抗争，现在终于能够看清他生命里的这个讽刺玩笑：他把自己当成一个失败者的那些年月，好像整台机器静悄悄地、轻轻松松地就停止了运作的那段时间，原来还是他成功的时候。

　　斯汤顿路洗车坊，自打它开业以来，这是他第一百次路过了，这一次，他脑子里在想着很聪明啊，杂碎，聪明。当然他也不是个很容易对付的人，所以他才会坚持了四十年。它击败别的人更快些。但最终总会击败所有人。对付他，它采取的是又长又慢的迂回路线，最后选择了一个意想不到的人作为工具。安——这个曾经爱过他的、他也爱过的女人。

　　自中世纪，自蒙塔尤，自人们真的是相信血、肝、胆汁等等皮下杂碎的那个年代以来，情况并没有多大的改观。杰克——偏偏是这人——告诉他的最新理论是什么？人的大脑中有两个还是

221

三个不同的脑层，它们一直处于相互对抗的状态。这就是换了一种说法在说你的内脏在跟你捣蛋，不是吗？这意味着作战计划和隐喻已经在你的体内大约上移了2.6英尺的样子。

这样的争战一定是输的。格雷厄姆学会认识到这一点。体内杂碎赢了，你可以推迟一会儿，把你的生命尽量脱干水分，尽管这样只会让你届时更加成为它的战利品。这世上真正的区别不是存在于吃了败仗的人和还没开始作战的人之间，而是在吃了败仗后能接受结果和不能接受的人之间。也许脑子里有个小格子，在那里做着这样的裁决，他这样想着，闷闷不乐，恼怒得很。但人确实是那样被区分开来的。比如说杰克，他就接受了失败的后果，似乎都没真正注意到吃了败仗，甚至还能利用它。但格雷厄姆接受不了，现在做不到，他知道自己永远都做不到。这很好笑，杰克完全比他好斗、暴躁，格雷厄姆觉得自己比较符合他在别人印象中的那个样子——温柔、亲切，又有点委曲求全。

"啊，嗯，电话。"杰克嘟囔着，好一会儿才开了门，然后就急着跑进过道里去了。

"不，我的小心肝，"格雷厄姆脱下雨衣挂到衣钩上时能听到他的声音。"不，听着，现在不行。我会打电话给你……"格雷厄姆拍了拍他的上衣口袋。"……不知道，不会太久……到了听。"

格雷厄姆想，短短几天前，他可能还会想知道杰克在给谁打电话。会是安吗？现在，完全无所谓了，也许之前，楼梯上还留着一串熟悉的内衣，洋洋得意地嘲笑着他，但他还是不会介意。

杰克显得有点不安。"有个小鸟在我耳边说悄悄话，"他兴致勃勃地解释，"进来吧，软木塞。"他不安地咧嘴笑了笑，转身进入客厅，放了个屁，这一次，没有招来任何评语。

"咖啡？"格雷厄姆点了点头。

上次他坐在这把椅子里的时候，还只是几个月前，那时候，他抖抖索索地向杰克展示了他被蒙在鼓里烦躁不安的困惑。现在，他坐在那里，听杰克手里的小匙叮叮当当撞着咖啡杯，觉得他什么都知道了。不是直接的事实意义上的——比如说关于杰克和安的事——而是在广义上都明白了。在古老的故事里，人们长大，挣扎，经历挫折，最后终于成熟，具备了理性，能在这个世上自如地活下去。格雷厄姆在过去的四十年里没怎么抗争，感觉自己在几个月时间里就成熟起来，无法挽回地意识到到达终点后的这种不安是一种自然的状态。这突如其来的领悟一开始让他心绪不宁，现在他已经平静了。当他把手伸进上衣口袋的时候，他承认自己可能被误解了，可能被误认为只是在嫉妒、在发狂。好吧，随他们去。

杰克端了杯咖啡给他，此刻，他心里想着被人误解的好处就是你不用解释。你真的不用。他在最近几个月看过的几场电影有一些他很鄙视的特点，其中一点是自以为是的惯用套路，让影片里的角色去解释动机。"我杀你是因为我爱你太深，"伐木工哭着说，手上的链锯往下滴着血；"我感觉这样很棒，就像仇恨之海在我体内汹涌激荡，我非爆炸不可。"凶残暴烈但仍旧让人讨厌不起来的黑人少年纵火犯迷惑地说道；"我猜我从来没法脱离爸爸，所以才会喜欢你。"此刻已经高兴不起来的新娘坦率地承认。这种时候令格雷厄姆很尴尬，他无法正视生活与戏剧套路之间的巨大差距。在现实生活中，如果你不愿意，你就不需要解释。不是因为没有观众，观众倒是有一个，这个人通常是如饥似渴地想要找到动机，问题是他们没有权利，他们又没有掏钱买票来观摩你的生活。

所以我没必要说什么。还有，我什么都不说，这很重要。杰克可能会把我带偏了，把我哄入友情的战壕，那时候我又该何去何从？可能还是在原地，只是会妥协，僵在半道上，一半给解释出来，一半处于被他妈的理解的境地。

"有什么事吗，老友？"

杰克盯着他，有点愠怒。既然他好像在搞心理咨询这一套，他希望这些浑蛋能遵守若干常规。难道他们没有注意到他有工作吗？难道他们以为他所有这些书都是某天早上突然出现在烟囱脚下，他要做的就只是把上面的烟灰掸掸掉，送到出版社吗？他们是这样想的吗？此刻，他们不仅没有任何预兆地出现了，还像石块一样岿然不动坐在那里。奥赛罗变成了那个谁？——对，奥兹曼迪亚斯。

"咳出来，咳出来。"杰克说道。然后，带着一丝更显犹豫的玩笑口气，他冲着沉默的格雷厄姆，又说了一遍："咳出来，咳出来？"

格雷厄姆看向他，心不在焉地挤出一个笑容，完全没必要地把手上的杯子抓得更紧了，他从杯子里抿了一口。

"咖啡还满意吗，格雷厄姆？"杰克问。

仍旧没回应。

"我的意思是，我不介意这样赚我的三十基尼，反正也不关我的事。我想所有的心理医生都会羡慕我有你这样的病人。但这样有点无聊，我的意思是，如果我要把你写进我的下一本小说里，我就得多了解些你心里的想法，不是吗？"

把你写进我的下一本小说里……噢，是的，你会在我的鼻头加颗痣让我认不出自己来吗？把我写成三十九岁而不是四十二岁？做一些诸如此类高明的小处理？然而格雷厄姆克制了开口嘲讽他的念头，反而担心起正在出汗的手来。

突然，杰克拿起他的杯子，走到房间远处的另一头。他在琴凳上坐下来，把一些杂物挪到边上，点上一支烟，打开了打字机。格雷厄姆听着电流低低的哼鸣声，接着是键盘发出的飞快的咔嗒声。他觉得这听起来可不像是一台正常的打字机，更像是电视上宣布体育比赛结果的那种东西——那是什么，电传打印机？好吧，那也不是不合适。现如今，杰克的小说或多或少是通过自动化的方式创作出来的。也许这台机器上有一个特殊的开关，就像飞机上的自动驾驶，杰克只需要按一下，这台电传打印机就会迅速地自动生产出垃圾来。

"别管我，"杰克大声说道，声音盖过了电流的哼鸣，"你想待多久，就待多久。"

　　格雷厄姆看着客厅的那一端。这位小说家背对着他坐着，从这角度，格雷厄姆刚好能看到他的右边脸和一点毛茸茸的棕色胡须，也差不多能看到叼着烟的那个位置。这动作看似不经意，实则充满了魅力。"有谁闻到焦味了吗？"他会这样问，摆出一副一本正经的表情，那一晚他追求的目标面对着这个奇怪的、漫不经心的、喜欢自虐但又显然很有创作才能的男人，会高兴得花枝乱颤。格雷厄姆希望能有机会告诉她们中的一些人那台打字机上有生产自动垃圾的开关。

　　"想喝咖啡的话，自己倒，"杰克大声说，"如果你要待上几天的话，冰柜里有很多东西。备用的床也准备好了。"

　　一定是这样。你可说不准这床不定什么时候就派上用场了。这倒不是说在他们夫妻的床上乱搞会让杰克感到良心不安。

　　有趣的是，格雷厄姆此刻也像以往那样喜欢着杰克。但这是两码事，他把咖啡杯放到地上，一声不响地站了起来。他慢慢地走向杰克的办公桌。电流的哼鸣和键盘时不时的咔嗒声盖过了他的脚步声。他很好奇杰克敲着键盘正在编的句子是什么，他甚至多愁善感地希望那不是一句陈词滥调。

　　这把刀是他最喜欢的：黑色的骨质手柄，六英寸长的刀片由最宽处的一英寸向刀尖逐渐变细。他把它从口袋里拔了出来，刀口一横，这样就可以更容易地切入肋骨之间了。最后那几步他走过去的样子就像只是向前举着刀在走，在路上遇见了杰克而已，而不像是要去刺他。他瞄准了后背右半边大概一半的高度。一刀下去，碰到了什么硬的东西，然后刀身往下一划，猛地扎进去了一半。

杰克像是用假声发出了一声意外的喘息，一只手落在键盘上。打字机一阵狂打，几个键缠在了一起，这才安静下来。格雷厄姆低头一看，发现这不利落的刀法让自己的食指尖受了点伤。他把刀拔了出来，眼睛在瞬间往上一翻，避开了。

杰克在琴凳上扭曲着身体，左手肘挂在打字机上，又压出几个键来，键盘上原本就有一堆缠在一起，奋力要冲向纸面的按键，这下又多了几个。当那张胡子拉碴的脸渐渐地恢复了神志，格雷厄姆终于失去了控制，他朝着杰克身体的下端，也就是心脏和生殖器中间的位置，一刀刀地扎下去。在挨了几刀后，杰克无声无息地从琴凳上滚下来，落在了地毯上。但这并没有让格雷厄姆平静下来，他调整了手的握姿，以便可以从上往下扎，他执着地攻击着同一个位置。在心脏和生殖器之间，这是他想要的位置，在心脏和生殖器之间。

格雷厄姆不知道自己扎了多少刀。当进刀的感觉变得轻松多了，当他感觉那来自杰克的身体，而不是杰克的反抗似乎停止了，他也就停了下来。他最后一次把刀抽了出来，在杰克的毛衣上擦了擦，然后他把它平放在他朋友的胸口，走进厨房，冲掉了手上的血迹。他找到了一些弹性绷带，笨拙地包在手指的第一个关节上，然后回到自己的座椅，坐了下来，伸手拿起咖啡杯。还剩了半杯，还有点热，他舒舒服服服地喝起了咖啡。

七点钟的时候，安回到了家，以为能闻见饭香，以为格雷厄姆手里会晃着一大杯酒，以为又是一个充斥着眼泪和争吵的夜晚。她不再想着情况会好转，也不再费脑子去想怎么才能让情况好转。面对着夜复一夜每况愈下的局面，她索性任其自然，得过且过，只想把记忆留在美好的时光。让她坚持下去的信心源于几方面：首先，她相信没有人能永远怀着负面的情绪；其次，她发现格雷厄姆好像极少会直接指责她。现在的她，准确地说，他对过去的她、对现在的局面怀有敌意，但这种敌意不是针对现在的她的。她发现，这些自我安慰的想法在格雷厄姆不在的时候最管用。当他在的时候，情况更像是永远都不会改善，格雷厄姆好像真的很恨她。

八点钟的时候，安打电话给格雷厄姆的系主任。据他所知，格雷厄姆正常上了一天班后，下午三点左右就回家了。他问安是不是需要系秘书家里的电话，安觉得那没有必要。

八点十分，她打电话给杰克。没人接。

她希望格雷厄姆不是又开始心血来潮去看电影了。

十点钟的时候，她很不情愿地拨通了芭芭拉的电话，接电话的是爱丽丝。两秒钟后芭芭拉接了过去。

"我不觉得你和我的女儿说话是个好主意。非常感谢你，你抢走了我的丈夫，现在她是我唯一的亲人了。"这些话无疑是要让爱丽丝听到。

"我很抱歉，我不知道她会接电话。"

"我不希望你打电话过来，任何情况下都不行。"

"好的，我完全理解。"

"你理解？呵呵，对你来说那感觉一定很好。我很震惊啊，知道这个偷了我丈夫的女人至少能理解。也许你比我自己还理解我，也许你偷走格雷厄姆还是为了我好。"

安对芭芭拉一直是怀着同情的，直到实在需要和她打交道那刻为止，无论这交道是多么间接。她感到好像一下子就被搞得精疲力竭。为什么芭芭拉这么喜欢找麻烦？

"我只是想知道——我只是想知道格雷厄姆是不是给你打过电话。"

"电话？为什么？今天又不是星期四。"

"不，我的意思是，他没有回家。我在想他是不是……他是不是去接爱丽丝或者干吗了。"

电话那头传来一阵笑声，然后是一声做作的叹息。

"好，好，好。既然你问了，不，我没有见过格雷厄姆，不，除了法院说他可以见的时间外，我是永远不会让他见爱丽丝的，不，我想不出他会去什么地方，因为——"（语调变得尖厉了）"他唯一不回家来的时候是在为你犹豫不决。你检查过他的行李箱了吗？"

"什么意思？"

"好吧，让我告诉你他的套路，你就会明白过来，不过我得说我不觉得如果他过了这些年后已经开始不安分了，那也不能为你开脱，多少年来着？三年？四年？对的，一定是四年，因为他离开的时候，爱丽丝刚好12岁。我记得我还对他说他就这样在一个孩子最重要的成长阶段逃跑，她现在16岁了，你一定是四年前偷走他的。你看，我现在是这样来算时间的。你也许有一天也会和我一样。关于行李箱，我想说的是他只会带走一个箱子，就带几件衣服，连牙刷都不带。我猜这样一来他的负罪感就轻些。就一个箱子，所以在某种程度上对你来说也不算坏。他的衣服我卖了不少钱。噢，另外一点是，他会让出租车等在拐角处。哭丧着脸，唉声叹气地带着箱子离开，再钻进转角的车里。为什么不打电话给当地的出租车公司，查一查他去哪里了？我的意思是，当初我就是这么干的。"

电话突然就挂断了。安感到很沮丧，芭芭拉的确是一个保持负面情绪的能手。

十点半，她又打电话给杰克。显然，他是在通宵玩乐。

你打算怎么做？报警？"也许他去见老朋友了，夫人。他喝酒了，是吗？"警察这么说，她也没办法说不是，但是格雷厄姆还从来没有这么晚不回家过。

十一点差一刻，她上了楼，推开格雷厄姆的书房门。自从派对那晚后，她就没再进过这个房间。她机械地走到窗边，看向花园里的那座假山。某种程度上，发现他不在那里，她还是松了口气。

她也没有费事去拉上窗帘，就直接开了灯。并不是她不能进这个房间，只是她觉得自己好像入侵了他的领地。这里是格雷厄姆的私人空间，不仅仅是因为他在这里工作。

她环顾四周。桌子、椅子、书架、文件柜。唯一有变动的是挂在桌子上方的她的照片。格雷厄姆原本有她一张在他们的婚礼上的照片——她觉得那是她最开心的一张照片。现在已经被换成了另一张，她几乎都想不起来自己曾给过他这张照片：她那时十五岁，透着婴儿肥，头上戴着个发箍，脸上的笑容是在对这个世界以及所有发生的一切表示满意，这笑容似乎随时都会消失。

她推了推桌上的一份还是两份报纸，甚至都没有看一眼，然后她漫不经心地拉开了文件柜的第一格抽屉——1911-1915，里面装了满满一屉文件，理得整整齐齐的。她又去拉第二格——1915-1919。轻轻一碰，它就滑出来了，她觉得这样就打开也不能算是她的责任。

一盒纸巾斜压在一摞杂志上。最上面的一张纸巾抽了一半，她把纸盒推到了一边。下面是一摞杂志，有三十本左右，放在最上面的一本封底朝上，上面是一则很亮眼的香烟广告。安把它翻了过来，发现这是一本成人杂志。她把余下的也翻了翻，都是反着摆的：书名不同，但里面无一例外都是淫秽不堪的内容，怪不得格雷厄姆好像不是太有兴趣再操她。

也可能……也可能，事情截然相反：他之所以这么做，正因为他兴致不高。她想，这是个鸡和蛋的问题吧。她又去翻看最上面的那本杂志，这时候，她感到了一阵不安，肚子抽紧的感觉。并不是格雷厄姆在这个房间里做对不起她的事，而是——是的，从某种意义上来说，他的确是在做对不起她的事。她觉得这也好过让她发现一刀情书，但她还是感到自己受了背叛。她还很震惊，不是对她所看到的，而是对格雷厄姆——对男人们——在那种事情上的需求而感到震惊。为什么男人要把这种需要表现得这样淋漓？为什么他们必须要跨坐在那些杂志上，意淫着一次性强奸一大批女人？为什么他们需要这样低俗的视觉刺激，他们的想象力出了什么问题？

她拉开1919-1924，闻到了一股淡淡的杏仁味，这可以从一罐打开了盖子、开始干结的Gripfix胶剂里找到答案。塑料刮刀没有被放回盖子内的尖锥上，而是躺在一本黄色的剪贴簿上，旁边还有几颗硬邦邦的胶粒。安停了下来，多余地听了听屋子里的动静，然后打开剪贴簿翻到中间。她看到两张自己的照片——它们原来是跑到这里来了——和一些剪报的复印件。剪报是关于她最早拍的也是最差的几部电影的影评，这些影评早在她遇到格雷厄姆之前就有了，比他们相遇的时间还早了好几年。影评上没有提到她的名字，她自己都没有留这些复印件。

她来了兴趣，翻回开头，开始仔细看。这是格雷厄姆保存的她在遇到他之前的秘密档案：照片、影评（可以理解这里面极少有提及她的）、她拮据的时候接的一些毛衣广告的复印件（他是怎么搞到的？），甚至还有为数不多的几则八卦消息的复印件，真的不多，谢天谢地，仅有的那么几次，她的名字不太好看地出现在八卦专栏里。其中一则还被格雷厄姆用红笔圈了起来：

……还发现了杰克·勒普顿，一位专注于色情床第小说的本土作者，他正陪着演技平平、一心想红的安·米尔斯。据说勒普顿先生即将离婚（还有两个孩子），但这个大胡子拒绝回应……

她想起来当时这则报道有多让她恶心，她又是如何在经纪人的要求下克制着不去想它。

在这张剪报的旁边，也就是右边的页面上，有用红色水笔画的一个箭头，箭柄消失在页外。她找下去，在跨页上，发现了箭身开始的地方：那是一则影评（比那则八卦剪报早了三个月），关于《迟来的眼泪》。那部粗制滥造的电影，影评是杰克写的。天哪，杰克写的。她完全已忘了个一干二净。他曾经给一家星期日报做过一小段时间的电影评论员。不久之后，她就在一个派对上遇到了他。影评的一部分被圈在了红线内：

在这云里雾里、一无是处、卖不出去的电影里，也确实有些让人回味的桥段。这些桥段主要出现在安·米尔斯出场的时候，她在里面担任一个小角色，但她的光彩像一道冲破云层的彩虹架在这部乌云笼罩的影片的上空。

最后，安拉开了1924-1929，不指望自己能在里面发现写着溢美之辞的秘密日记和代表短暂幸福的浪漫标志。抽屉里的左边有一盘他们家录像机里的录像带，右边是一个大大的棕色信封。她没去在意录像带，而是打开了信封，发现里面是一刀刀的书页，像是从一本书或是几本书上撕下来的。有些书页的边上还标注着潦草的红色文字，有些在字句下面画了线，有些标着惊叹号。她依稀能认得出来有一张是从杰克的小说里撕下来的，慢慢地也就发现了它们共同的出处。她快速地翻了一遍，发现几乎每张都或多或少和性有关。

她拿着录像带下楼的时候，已经是凌晨三点。仔仔细细地在格雷厄姆的书桌案头翻了一阵，也没发现什么，在他的书架上也只找到杰克五本支离破碎的小说。她忧心忡忡地把录像带插进录像机，倒到开头。开头是一则关于一个新牌子的巧克力饼干的广告，一个穿着苏格兰格尼褶裙的仆人走到维多利亚女王面前，呈上一个银色的盘子，盘子里装着一包饼干。她撕开包装，拿起一块，咬了下去，然后，她含着满嘴的饼干，鼓鼓囊囊的脸上绽开了笑容，说了句"我们并不惊讶"，这时候，一排穿着格尼褶裙的侍臣立马开始一段八秒钟的歌舞来赞美这饼干。

安从来没有看过这则广告，但她还是打算再看一遍。这盘带子里，这一段广告录了八遍。在看到第三遍时，她尴尬地意识到有什么东西让她觉得眼熟，第五遍时，她认出了他，在下垂的八字须下，在压得低低的宽顶无檐圆帽下，那是迪克·德夫林。格雷厄姆是怎么发现的？即使她知道了那是迪克·德夫林，她也只能在最后三遍的录像里认出他。为什么要录八遍？

那一晚，安没有上床睡觉。她一遍遍回放着录像带，百思不得其解，格雷厄姆这样保密，又这样执着地录了这么多遍，到底是为什么？然后她又去翻文件柜，她唯一漏掉的是一刀《标准晚报》——她一开始还以为是衬纸，其实都是晚报的同一页：观影指南。每一张都有用红色水笔圈起来的地方，墨水印已经发糊。她发现很多做了记号的电影她甚至都没有听说过，实在想不通这与她到底有什么关系。

她又翻看了一遍从杰克的小说里撕下来的书页，终于发现了一个模式。如果他觉得这些都和我有关，那他就是疯了，她这样想着，然后控制住了这个念头。格雷厄姆没有疯。格雷厄姆只是伤心，难过，有时候喝醉了而已，他不能算作是疯。就如同他也不能算作是吃醋，这个词她不会用在他身上。然而，他是伤心的、难过的，他不能面对她的过去，但他没有吃醋。当杰克把他称作是"我的小奥赛罗"时，她很生气：倒不是因为这样称呼他显得很自以为是，而是因为这影响了她对事情的看法。

最后，她有点不情愿地接受了芭芭拉的建议，去检查格雷厄姆的衣橱：他所有的衣物好像都在，行李箱也在，当然会是这样，他当然不会溜走。

第二天上午十点，她打电话到各家医院和警察局，都没有见到过他。警察建议她打给他的朋友问问，他们没有问他是否酗酒，但确实说了句"夫人，是不是有过什么口角"。她打电话到公司，告诉他们她有点反胃，最后拨了一遍电话到杰克的住处，然后，她就走出门去地铁站了。

格雷厄姆的车就停在雷普顿街杰克的公寓外，是他开的门。她本能地扑上去，双臂搂住了他的腰。他拍了拍她的肩膀，然后把她身子一转带进了过道，左脚一踢，就把门带上了。他和她一起走进了客厅，她只能斜着身子移动，不太利索，但她不介意。他停下脚步，可她还是看着他的脖颈、侧脸和微蹙的眉头。他的目光越过她看向房间的另一头。她转过身，看到杰克躺在琴凳边。他的毛衣上有很多洞，腹部血迹斑斑。她看到他的胸口平放着一把刀。

还没来得及仔细看，格雷厄姆就已经一手紧紧搂着她的肩，大步把她拎进了厨房，同时低声说了句"没事的"。这是他踏进这套公寓后第一次开口。

他的话让她平静下来，虽然明白不应该是这样。格雷厄姆让她靠着水槽站着，面朝着花园，然后把她的双手拽到背后，她没有反抗，由着他做，他离开的几秒钟里，她还是那样等着。他回来后用晾衣绳的一头把她的手腕绑了起来，绑得不是很紧。他让她身子冲着花园屈着。十二英尺长的脏兮兮的米色晾衣绳从她的手腕挂下来拖在地上。

没事的，格雷厄姆觉得。看起来似乎都错了，但是没事的。他爱安，这毫无疑问，他希望她不要转过身来。他感到自己的脑袋空空如也，什么念头都没有。他对自己说，最重要的一点是不要让这一切看起来像一部电影：那将会是最大的讽刺，这是他完全不能接受的。不要大幕线，不要情节剧。他走到杰克身边，拾起他胸口的刀。他直起身的时候，脑袋里突然蹦出一个想法。"有时候雪茄就只是雪茄，"他默念着，"但有时候它又不是。"真的不是由你来选择的，是吗？他这样想着。

他又在那张熟悉的扶手椅上坐下来，很诧异自己能这么从容、这么勇敢，他对着自己喉咙的侧面深深地扎了下去，血喷出来的瞬间，他不由自主地哼了一声，安听到后，转过了身子。

他设想的是她会跑过去把电话机踢翻，用绑在背后的手拨999紧急热线，然后等着人来救。时间足够了。而事实上，安立即跑了过去，拖着晾衣绳，经过奄奄一息的格雷厄姆，经过已经亡命的杰克，绕过桌子，然后把头低下，用尽全力向玻璃窗撞过去。非常疼，但总算撞出了一个大洞。然后她开始大叫，用尽全力地大叫。不是喊什么话，而是一声长长的、不间断的尖叫。没有人来，虽然有几个人听到了叫声，其中的三个人打电话报了警，还有一个人报了火警。

并不是说如果他们中有人打对了电话，结果就会有什么不一样。格雷厄姆的计划并没有因为这点变动而受到干扰，等第一拨警察抵达这破窗里面来解套的时候，扶手椅已经被血浸透，重演不了了。

马上扫二维码，关注"**熊猫君**"

和千万读者一起成长吧！